才能挖到寶
會說會聽
會日語會話

每天都要
開口說
的
關鍵句型

作者群
田中陽子, 林勝田

本書
「中文漢字＋羅馬拼音」
不會50音，照樣馬上開口說日語！

用中文也能輕鬆開口說
零基礎，也能用中文就GO！

U0080322

山田社

學日語就是要挖寶，
「會說會聽，才能快速挖到寶」

好康消息!!

《會說會聽，才能挖到寶─每天都要開口說的關鍵句型日語會話》

> 1. 超好記中文拼音 3 秒開口說
> 2. 超貼心羅馬拼音隨翻隨說
> 3. 超簡單極短句懶得很巧妙
> 4. 超搞定關鍵 54 句型，讓您會話 54 變

用一點「中文」的巧力，只要要拿捏好發力，
零基礎輕鬆說，不是夢！

本書特色：

★ 50 音日語發音基礎，輕鬆入門！

50 音、假名，用國字聯想，一點都不難，
有輕鬆、易懂字源速記表，
打好地基，跟日語就這樣結緣啦！

★ 中文漢字＋羅馬拼音，走到哪說到哪！

熟悉日語發音規則，再搭配拼音輔助，
天啊！一句日語就這樣脫口而出！
完全不費力！去日本到哪都通啦！

★ 超活用關鍵 54 句型，會話 54 變！

54 個高使用頻率對話的句型，
如何讓會話 54 變？
只要換上自己喜歡的單字，填入句型，
一句新的日語「砰」的一聲就出現了！

★ 超簡單極短句，懶得夠巧妙！

懶得學，那就是要學得巧。
極短句好學，常可以毫不費力的印在腦海中，
簡短的文字也可以盡情表達，
用極短句來鍛鍊會話核心肌群，
書中全都是日常會話出現率很高的極短句，
隨時隨地跟日本人閒話家常都沒問題！

★ 16 個情境場景，怎麼玩都實用！

精心分類 7 大聊天，9 大旅遊情境會話，
從交友到機場通關、到飯店、觀光、購物、享用美食……等各種情境，
任您玩遍日本，到處都實用！

★ 專業日籍老師發音，開口就是標準日語！

隨書附贈專業日籍老師朗讀 QR Code 線上音檔，
讓正統東京腔發音的老師帶領您進入日語的世界，
讓您的耳朵漸漸熟悉日語發音，大腦一聽就懂，
跟著老師一起念，訓練您的發音基礎，讓您跟日本人寒暄，
一開口就是標準日語！

contents
目錄

STEP 4 ▶ 說說自己

1 ▶ 自我介紹

2 ▶ 介紹家人

3 ▶ 談天氣

4 ▶ 談飲食健康

5 ▶ 談嗜好

6 ▶ 談個性

MEMO

Step 1
假名與發音

memo

先安排讀書計劃學得更快喔！

❶ 假名就是中國字

　　告訴你，其實日本文字「假名」就是中國字呢！為什麼？我來說明一下。日本文字假名有兩種，一個叫平假名，一個是叫片假名。平假名是來自中國漢字的草書，請看下面：

| 安 ⇨ あ | 以 ⇨ い | 衣 ⇨ え |

　　平假名「あ」是借用國字「安」的草書；「い」是借用國字「以」的草書；而「え」是借用國字「衣」的草書。雖然，草書草了一點，但是只要多看幾眼，就能知道是哪個字，也就可以記住平假名囉！

　　片假名是由國字楷書的部首，演變而成的。如果說片假名是國字身體的一部份，可是一點也不為過的！請看：

| 宇 ⇨ ウ | 江 ⇨ エ | 於 ⇨ オ |

　　「ウ」是「宇」上半部的身體，「エ」是「江」右邊的身體，「オ」是「於」左邊的身體。片假名就是簡單吧！

② 清音

Track ◎ 2

日語假名共有七十個，分為清音、濁音、半濁音和撥音四種。

平假名清音表（五十音圖）				
あ a	い i	う u	え e	お o
か ka	き ki	く ku	け ke	こ ko
さ sa	し shi	す su	せ se	そ so
た ta	ち chi	つ tsu	て te	と to
な na	に ni	ぬ nu	ね ne	の no
は ha	ひ hi	ふ fu	へ he	ほ ho
ま ma	み mi	む mu	め me	も mo
や ya		ゆ yu		よ yo
ら ra	り ri	る ru	れ re	ろ ro
わ wa				を o
				ん n

片假名清音表（五十音圖）				
ア a	イ i	ウ u	エ e	オ o
カ ka	キ ki	ク ku	ケ ke	コ ko
サ sa	シ shi	ス su	セ se	ソ so
タ ta	チ chi	ツ tsu	テ te	ト to
ナ na	ニ ni	ヌ nu	ネ ne	ノ no
ハ ha	ヒ hi	フ fu	ヘ he	ホ ho
マ ma	ミ mi	ム mu	メ me	モ mo
ヤ ya		ユ yu		ヨ yo
ラ ra	リ ri	ル ru	レ re	ロ ro
ワ wa				ヲ o
				ン n

❸ 濁音

　　日語發音有清音跟濁音。例如，か [ka] 和が [ga]、た [ta] 和だ [da]、は [ha] 和ば [ba] 等的不同。不同在什麼地方呢？不同在前者發音時，聲帶不振動；相反地，後者就要振動聲帶了。

　　濁音一共有二十個假名，但實際上不同的發音只有十八種。濁音的寫法是，在清音假名右肩上打兩點。

濁音表				
が ga	ぎ gi	ぐ gu	げ ge	ご go
ざ za	じ ji	ず zu	ぜ ze	ぞ zo
だ da	ぢ ji	づ zu	で de	ど do
ば ba	び bi	ぶ bu	べ be	ぼ bo

❹ 半濁音

　　介於「清音」和「濁音」之間的是「半濁音」。因為，它既不能完全歸入「清音」，也不屬於「濁音」，所以只好讓他「半清半濁」了。半濁音的寫法是，在清音假名右肩上打一個小圈。

半濁音表				
ぱ pa	ぴ pi	ぷ pu	ぺ pe	ぽ po

Step 2

寒暄一下

中文拼音小貼士！　　　　　　　　　memo

❶ 2個以上的中文拼音，下面有___（底線）時，記
得要把底線上的字，全部合起來唸成1個音。例如：
きく（聽）要唸成「**克伊枯**」喔！

❷ 中文拼音之中，如果看到「ㄟ」的符號，表示這
裡要憋氣停一下。例如：**まって**（等一下）要唸成
「**媽ㄟ貼**」喔！

❸ 中文拼音之中，如果看到「～」的符號，表示這
一個音，要拉長唸成2拍喔！常出現的組合如下。例
如：**おかあさん**（媽媽）要唸成「**歐卡～沙恩**」喔！

① 你好

早安。	**おはようございます。** ohayoo gozaimasu 歐哈悠～ 勾雜伊媽酥
你好。	**こんにちは。** konnichiwa 寇恩尼七哇
你好（晚上見面時用）。	**こんばんは。** konbanwa 寇恩拔恩哇
晚安（睡前用）。	**おやすみなさい。** oyasuminasai 歐呀酥咪那沙伊
謝謝。	**どうも。** doomo 都～某

Track ◎ 6

Step 1 假名與發音

Step 2 寒暄一下

Step 3 基本句型

Step 4 說說自己

Step 5 旅遊日語

②再見

再見。	**さようなら。** sayoonara 沙悠～那拉
先走一步了。	しつれい **失礼します。** shitsuree shimasu 西豬累～ 西媽酥
那麼（再見）。	**それでは。** soredewa 搜累爹哇
再見（Bye Bye）。	**バイバイ。** baibai 拔伊拔伊
再見（Bye囉！）。	**じゃあね。** jaane 甲～內

是。	**はい。** hai 哈伊
對，沒錯。	**はい、そうです。** hai, soo desu 哈伊,搜～ 爹酥
知道了（一般）。	**わかりました。** wakarimashita 哇卡里媽西它
知道了（較鄭重）。	**かしこまりました。** kashikomarimashita 卡西寇媽里媽西它
知道了（鄭重）。	しょう ち **承知しました。** shoochi shimashita 休～七 西媽西它

④ 謝謝　　　　　　　　　　　　　　Track ◎ 8

謝謝。	**ありがとうございました。** arigatoo gozaimashita 阿里嘎豆〜 勾雜伊媽西它
謝謝。	**どうも。** doomo 都〜某
不好意思。	**すみません。** sumimasen 酥咪媽誰恩
您真親切，謝謝。	**ご親切_{しんせつ}にどうもありがとう。** goshinsetsu ni doomo arigatoo 勾西恩誰豬 尼 都〜某 阿里嘎豆〜
謝謝照顧。	**お世話_{せわ}になりました。** osewa ni narimashita 歐誰哇 尼 那里媽西它

不客氣。	**いいえ。** iie 伊～耶
不客氣。	**どういたしまして。** doo itashimashite 都～ 伊它西媽西貼
不要緊。	<ruby>大<rt>だい</rt></ruby><ruby>丈<rt>じょう</rt></ruby><ruby>夫<rt>ぶ</rt></ruby>**ですよ。** daijoobu desuyo 答伊久～布 爹酥悠
我才要感謝你呢。	**こちらこそ。** kochira koso 寇七拉 寇搜
不要在意。	<ruby>気<rt>き</rt></ruby>**にしないで。** ki ni shinaide 克伊 尼 西那伊爹

❻ 對不起

Track 🎧 **10**

Step **1** 假名與發音

Step **2** 寒暄一下

Step **3** 基本句型

Step **4** 說說自己

Step **5** 旅遊日語

對不起。	**すみません。** sumimasen 酥咪媽誰恩
失禮了。	しつれい **失礼しました。** shitsuree shimashita 西豬累～ 西媽西它
對不起。	**ごめんなさい。** gomennasai 勾妹恩那沙伊
非常抱歉。	もう わけ **申し訳ありません。** mooshiwake arimasen 某～西哇克耶 阿里媽誰恩
給您添麻煩了。	めいわく **ご迷惑をおかけしました。** gomeewaku o okake shimashita 勾妹～哇枯 歐 歐卡克耶 西媽西它

不好意思。	**すみません。** sumimasen 酥咪媽誰恩
可以耽誤一下嗎？	**ちょっといいですか。** chotto ii desuka 秋ㄟ豆 伊～ 爹酥卡
打擾一下。	**ちょっとすみません。** chotto sumimasen 秋ㄟ豆 酥咪媽誰恩
請問一下。	**ちょっとうかがいますが。** chotto ukagaimasuga 秋ㄟ豆 烏卡嘎伊媽酥嘎
想問有關旅行的事。	<ruby>旅行<rt>りょこう</rt></ruby>**のことですが。** ryokoo no koto desuga 溜寇～ 諾 寇豆 爹酥嘎

⑧ 這是什麼

現在幾點？	今は何時ですか。 ima wa nanji desuka 伊媽 哇 那恩基 爹酥卡
這是什麼？	これは何ですか。 kore wa nan desuka 寇累 哇 那恩 爹酥卡
這裡是哪裡？	ここはどこですか。 koko wa doko desuka 寇寇 哇 都寇 爹酥卡
那是怎麼樣的書？	それはどんな本ですか。 sore wa donna hon desuka 搜累 哇 都恩那 后恩 爹酥卡
河川名叫什麼？	なんていう川ですか。 nante iu kawa desuka 那恩貼 伊烏 卡哇 爹酥卡

MEMO

Step 2 ○ 先練習一下 ○ 再跟日本人聊天

Step 3
基本句型

中文拼音小貼士！

1 2個以上的中文拼音，下面有＿＿（底線）時，記得要把底線上的字，全部合起來唸成1個音。例如：**きく**（聽）要唸成「**克伊枯**」喔！

2 中文拼音之中，如果看到「︿」的符號，表示這裡要憋氣停一下。例如：**まって**（等一下）要唸成「**媽︿貼**」喔！

3 中文拼音之中，如果看到「～」的符號，表示這一個音，要拉長唸成2拍喔！常出現的組合如下。例如：**おかあさん**（媽媽）要唸成「**歐卡～沙恩**」喔！

memo

～です。

句型 1	（我、他、她、它）是○○。

名詞＋です。
desu
爹酥

我是田中。	<ruby>田中<rt>た なか</rt></ruby>です。 tanaka desu 它那卡 爹酥	

我是學生。	<ruby>学生<rt>がく せい</rt></ruby>です。 gakusee desu 嘎枯誰～ 爹酥

換個單字念念看

林	<ruby>林<rt>リン</rt></ruby> rin 里恩	書	<ruby>本<rt>ほん</rt></ruby> hon 后恩
李	<ruby>李<rt>リー</rt></ruby> rii 里～	日本人	<ruby>日本人<rt>に ほんじん</rt></ruby> nihonjin 尼后恩基恩
山田	<ruby>山田<rt>やま だ</rt></ruby> yamada 呀媽答	腳踏車	<ruby>自転車<rt>じ てんしゃ</rt></ruby> jitensha 基貼恩蝦
鈴木	<ruby>鈴木<rt>すず き</rt></ruby> suzuki 酥茲克伊	工作	<ruby>仕事<rt>し ごと</rt></ruby> shigoto 西勾豆

～です。

Track ◎ 14

Step 1 假名與發音

Step 2 寒暄一下

Step 3 基本句型

Step 4 說說自己

Step 5 旅遊日語

句型 2	是〇〇。

數量＋です。
desu
爹酥

500日圓。	ごひゃくえん **500円です。** gohyakuen desu 勾喝呀枯耶恩 爹酥
20美金。	にじゅう **20ドルです。** nijuudoru desu 尼啾～都魯 爹酥

換個單字念念看

一千日圓	せんえん **千円** senen 誰恩耶恩	一杯	いっぱい **一杯** ippai 伊へ趴伊
一萬日圓	いちまんえん **一万円** ichimanen 伊七媽恩耶恩	兩支	に ほん **二本** nihon 尼后恩
一個	ひと **一つ** hitotsu 喝伊豆豬	一堆	ひとやま **一山** hitoyama 喝伊豆呀媽
一張	いちまい **一枚** ichimai 伊七媽伊	12個	じゅうに こ **12個** juuniko 啾～尼寇

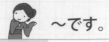 〜です。

句型 3	是很○○。

形容詞＋です。
desu
爹酥

很高。	高^{たか}いです。 takai desu 它卡伊 爹酥

很冷。	寒^{さむ}いです。 samui desu 沙母伊 爹酥

換個單字念念看

好吃	おいしい oishii 歐伊西〜	快樂	楽^{たの}しい tanoshii 它諾西〜
冰冷	冷^{つめ}たい tsumetai 豬妹它伊	年輕	若^{わか}い wakai 哇卡伊
困難	難^{むずか}しい muzukashii 母茲卡西〜	黑暗	暗^{くら}い kurai 枯拉伊
危險	危^{あぶ}ない abunai 阿布那伊	快速	速^{はや}い hayai 哈呀伊

〜は〜です。

句型 4	○○是○○。

名詞＋は＋名詞＋です。
wa 哇　　　**desu** 爹酥

我是學生。	私は学生です。 watashi wa gakusee desu 哇它西 哇 嘎枯誰〜 爹酥

這是麵包。	これはパンです。 kore wa pan desu 寇累 哇 趴恩 爹酥

換個單字念念看

父親 / 老師	父 / 先生 ちち / せんせい chichi / sensee 七七 / 誰恩誰〜	他 / 美國人	彼 / アメリカ人 かれ / じん kare / amerikajin 卡累 / 阿妹里卡基恩
姊姊 / 模特兒	姉 / モデル あね ane / moderu 阿內 / 某爹魯	那是 / 大象	あれ / 象 ぞう are / zoo 阿累 / 宙〜
哥哥 / 上班族	兄 / サラリーマン あに ani / sarariiman 阿尼 / 沙拉里〜媽恩	那是 / 椅子	それ / いす sore / isu 搜累 / 伊酥

 〜の〜です。

句型 5　○○的○○。

名詞＋の＋名詞＋です。
no
諾
desu
爹酥

我的包包。	**私のかばんです。** watashi no kaban desu 哇它西 諾 卡拔恩 爹酥
日本車。	**日本の車です。** nihon no kuruma desu 尼后恩 諾 枯魯媽 爹酥

換個單字念念看

妹妹 / 雨傘	**妹 / 傘** imooto / kasa 伊某〜豆 / 卡沙	老公 / 電腦	**主人 / パソコン** shujin / pasokon 咻基恩 / 趴搜寇恩
姊姊 / 手帕	**姉 / ハンカチ** ane / hankachi 阿內 / 哈恩卡七	義大利 / 鞋子	**イタリア / 靴** itaria / kutsu 伊它里阿 / 枯豬
老師 / 書	**先生 / 本** sensee / hon 誰恩誰〜 / 后恩	法國 / 麵包	**フランス / パン** furansu / pan 夫拉恩酥 / 趴恩

〜ですか。

句型 6　是○○嗎？

名詞＋ですか。
desuka
爹酥卡

是日本人嗎？	日本人(にほんじん)ですか。 nihonjin desuka 尼后恩基恩 爹酥卡
哪一位？	どなたですか。 donata desuka 都那它 爹酥卡

換個單字念念看

台灣人	台湾人(タイワンじん) taiwanjin 它伊哇恩基恩	英國人	イギリス人(じん) igirisujin 伊哥伊里酥基恩
中國人	中国人(ちゅうごくじん) chuugokujin 七烏〜勾枯基恩	義大利人	イタリア人(じん) itariajin 伊它里阿基恩
美國人	アメリカ人(じん) amerikajin 阿妹里卡基恩	韓國人	韓国人(かんこくじん) kankokujin 卡恩寇枯基恩
泰國人	タイ人(じん) taijin 它伊基恩	印度人	インド人(じん) indojin 伊恩都基恩

～は～ですか。

| 句型 7 | ○○是○○嗎？ |

名詞＋は＋名詞＋ですか。
wa　　　　　　　　desuka
哇　　　　　　　　爹酥卡

| 那是廁所嗎？ | トイレはあれですか。
toire wa are desuka
豆伊累 哇 阿累 爹酥卡 |
| 這裡是車站嗎？ | 駅^{えき}はここですか。
eki wa koko desuka
耶克伊 哇 寇寇 爹酥卡 |

換個單字念念看

出口 / 那裡	出口^{でぐち} / あそこ deguchi / asoko 爹估七 / 阿搜寇	寺廟 / 那裡	お寺^{てら} / そこ otera / soko 歐貼拉 / 搜寇
國籍 / 哪裡	国^{くに} / どこ kuni / doko 枯尼 / 都寇	開關 / 那個	スイッチ / あれ suicchi / are 酥伊ㄟ七 / 阿累
籍貫,畢業 / 哪裡	ご出身^{しゅっしん} / どちら goshusshin / dochira 勾咻ㄟ西恩 / 都七拉	緊急出入口/ 這裡	非常口^{ひじょうぐち} / ここ hijooguchi / koko 喝伊久ㄟ估七 / 寇寇

句型 8	○○嗎？

名詞＋は＋形容詞＋ですか。
wa 哇　　　　　**desuka** 爹酥卡

這裡痛嗎？	ここは痛^{いた}いですか。 koko wa itai desuka 寇寇 哇 伊它伊 爹酥卡
車站遠嗎？	駅^{えき}は遠^{とお}いですか。 eki wa tooi desuka 耶克伊 哇 豆〜伊 爹酥卡

換個單字念念看

北海道／寒冷	北海道^{ほっかいどう}／寒^{さむ}い hokkaidoo / samui 后〜卡伊都〜／沙母伊	價錢／貴	値段^{ね だん}／高^{たか}い nedan / takai 內答恩／它卡伊
老師／年輕	先生^{せんせい}／若^{わか}い sensee / wakai 誰恩誰〜／哇卡伊	房間／整潔	部屋^{へ や}／きれい heya / kiree 黑呀／克伊累〜
這個／好吃	これ／おいしい kore / oishii 寇累／歐伊西〜	皮包／耐用	かばん／丈夫^{じょう ぶ} kaban / joobu 卡拔恩／久〜布

～ではありません。

句型 9	不是○○。

名詞＋ではありません。
dewa arimasen
爹哇 阿里媽誰恩

不是義大利人。	イタリア人<ruby>人<rt>じん</rt></ruby>ではありません。 **itariajin dewa arimasen** 伊它里阿基恩 爹哇 阿里媽誰恩

不是字典。	<ruby>辞書<rt>じ しょ</rt></ruby>ではありません。 **jisho dewa arimasen** 基休 爹哇 阿里媽誰恩

換個單字念念看

河川	<ruby>川<rt>かわ</rt></ruby> kawa 卡哇	煙灰缸	<ruby>灰皿<rt>はいざら</rt></ruby> haizara 哈伊雜拉
派出所	<ruby>交番<rt>こうばん</rt></ruby> kooban 寇～拔恩	冰箱	<ruby>冷蔵庫<rt>れいぞう こ</rt></ruby> reezooko 累～宙～寇
公車	バス basu 拔酥	電話	<ruby>電話<rt>でん わ</rt></ruby> denwa 爹恩哇
紅茶	<ruby>紅茶<rt>こうちゃ</rt></ruby> koocha 寇～洽	狗	<ruby>犬<rt>いぬ</rt></ruby> inu 伊奴

句型 10　○○喔！

形容詞＋ですね。
desune
爹酥內

好熱喔！	<ruby>暑<rt>あつ</rt></ruby>いですね。 atsui desune 阿豬伊 爹酥內
好冷喔！	<ruby>寒<rt>さむ</rt></ruby>いですね。 samui desune 沙母伊 爹酥內

換個單字念念看

甜的	<ruby>甘<rt>あま</rt></ruby>い amai 阿媽伊	新的	<ruby>新<rt>あたら</rt></ruby>しい atarashii 阿它拉西～
苦的	<ruby>苦<rt>にが</rt></ruby>い nigai 尼嘎伊	安全	<ruby>安全<rt>あんぜん</rt></ruby> anzen 阿恩賊恩
有趣的	<ruby>面白<rt>おもしろ</rt></ruby>い omoshiroi 歐某西落伊	耐用	<ruby>丈夫<rt>じょう ぶ</rt></ruby> joobu 久～布
古老的	<ruby>古<rt>ふる</rt></ruby>い furui 夫魯伊	方便	<ruby>便利<rt>べん り</rt></ruby> benri 貝恩里

33

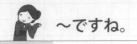 〜ですね。

| 句型 11 | ○○喔！ |

形容詞＋名詞＋ですね。
desune
爹酥內

好漂亮的人喔！	きれいな人（ひと）ですね。 kiree na hito desune 克伊累〜 那 喝伊豆 爹酥內
好棒的建築物喔！	素敵（すてき）な建物（たてもの）ですね。 suteki na tatemono desune 酥貼克伊 那 它貼某諾 爹酥內

換個單字念念看

好的 / 天氣	いい / 天気（てんき） ii / tenki 伊〜 / 貼恩克伊	好的 / 位子	いい / 席（せき） ii / seki 伊〜 / 誰克伊
難的 / 問題	難（むずか）しい / 問題（もんだい） muzukashii / mondai 母茲卡西〜 / 某恩答伊	有趣的 / 比賽	面白（おもしろ）い / 試合（しあい） omoshiroi / shiai 歐某西落伊 / 西阿伊
重的 / 行李	重（おも）い / 荷物（にもつ） omoi / nimotsu 歐某伊 / 尼某豬	好吃的 / 店	おいしい / 店（みせ） oishii / mise 歐伊西〜 / 咪誰

～でしょう。

句型 12	○○吧！

名詞＋でしょう。
deshoo
爹休～

是晴天吧！	晴^はれでしょう。 hare deshoo 哈累 爹休～
是陰天吧！	曇^{くも}りでしょう。 kumori deshoo 枯某里 爹休～

換個單字念念看

雨	雨^{あめ} ame 阿妹	打雷	雷^{かみなり} kaminari 卡咪那里
雪	雪^{ゆき} yuki 尤克伊	星期五	金曜日^{きんようび} kinyoobi 克伊恩悠～逼
風	風^{かぜ} kaze 卡賊	今晚	今晚^{こんばん} konban 寇恩拔恩
颱風	台風^{たいふう} taifuu 它伊夫～	兩個	二^{ふた}つ futatsu 夫它豬

～ます。

句型 13	○○。

名詞＋ます。
masu
媽酥

吃飯。	ご飯を食べます。 gohan o tabemasu 勾哈恩 歐 它貝媽酥
抽煙。	タバコを吸います。 tabako o suimasu 它拔寇 歐 酥伊媽酥

換個單字念念看

聽音樂	音楽を聞き ongaku o kiki 歐恩嘎枯 歐 克伊克伊	說英語	英語を話し eego o hanashi 耶～勾 歐 哈那西
在天空飛	空を飛び sora o tobi 搜拉 歐 豆逼	拍照	写真を撮り shashin o tori 蝦西恩 歐 豆里
學日語	日本語を勉強し nihongo o benkyooshi 尼后恩勾 歐 貝恩卡悠～西	開花	花が咲き hana ga saki 哈那 嘎 沙克伊

〜から来ました。

句型 14	從○○來。

名詞＋から来ました。

kara kimasita

卡拉 克伊媽西它

從台灣來。	台湾から来ました。 taiwan kara kimashita 它伊哇恩 卡拉 克伊媽西它
從美國來。	アメリカから来ました。 amerika kara kimashita 阿妹里卡 卡拉 克伊媽西它

換個單字念念看

中國	**中国** ちゅうごく chuugoku 七烏〜勾枯	越南	**ベトナム** betonamu 貝豆那母
英國	**イギリス** igirisu 伊哥伊里酥	德國	**ドイツ** doitsu 都伊豬
法國	**フランス** furansu 夫拉恩酥	義大利	**イタリア** itaria 伊它里阿
印度	**インド** indo 伊恩都	加拿大	**カナダ** kanada 卡那答

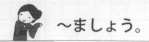 ～ましょう。

句型 15	○○吧！

名詞＋ましょう。
mashoo
媽休～

打電動玩具吧！	ゲームをしましょう。 geemu o shimashoo 給～母 歐 西媽休～
來看電影吧！	映画を見ましょう。 えい が　み eega o mimashoo 耶～嘎 歐 咪媽休～

換個單字念念看

下象棋	将棋をし しょう ぎ shoogi o shi 休～哥伊 歐 西	去買東西	買い物に行き か　もの　い kaimono ni iki 卡伊某諾 尼 伊克伊
打撲克牌	トランプをし toranpu o shi 豆拉恩撲 歐 西	唱歌	歌を歌い うた　うた uta o utai 烏它 歐 烏它伊
打網球	テニスをし tenisu o shi 貼尼酥 歐 西	跑到公園	公園まで走り こうえん　　はし kooen made hashiri 寇～耶恩 媽爹 哈西里

~をください。

Step
1
假名與發音

Step
2
寒暄一下

Step
3
基本句型

Step
4
說說自己

Step
5
旅遊日語

| 句型 16 | 給我○○。 |

名詞＋をください。
o　kudasai
歐　枯答沙伊

| 請給我牛肉。 | ビーフをください。
biifu o kudasai
逼～夫 歐 枯答沙伊 |
| 給我這個。 | これをください。
kore o kudasai
寇累 歐 枯答沙伊 |

換個單字念念看

地圖	ちず **地図** chizu 七茲	咖啡	**コーヒー** koohii 寇～喝伊～
雜誌	ざっし **雑誌** zasshi 雜～西	葡萄酒	**ワイン** wain 哇伊恩
雨傘	かさ **傘** kasa 卡沙	壽司	すし **寿司** sushi 酥西
毛衣	**セーター** seetaa 誰～它～	拉麵	**ラーメン** raamen 拉～妹恩

39

～ください。

句型 17	給我○○。

數量＋ください。
kudasai
枯答沙伊

給我一個。	^{ひと}**一つください。** hitotsu kudasai 喝伊豆豬 枯答沙伊
給我一堆。	^{ひとやま}**一山ください。** hitoyama kudasai 喝伊豆呀媽 枯答沙伊

換個單字念念看

一支	^{いっぽん}**一本** ippon 伊ㄟ剖恩	一人份	^{いちにんまえ}**一人前** ichininmae 伊七尼恩媽耶
兩張	^{に まい}**二枚** nimai 尼媽伊	一箱	^{ひとはこ}**一箱** hitohako 喝伊豆哈寇
三本	^{さんさつ}**三冊** sansatsu 沙恩沙豬	一袋	^{ひとふくろ}**一袋** hitofukuro 喝伊豆夫枯落
一個	^{いっ こ}**一個** ikko 伊ㄟ寇	一盒	**ワンパック** wanpakku 哇恩趴ㄟ枯

~を~ください。

句型 18　給我○○。

名詞＋を＋數量＋ください。
　　　　　o　　　　　kudasai
　　　　　歐　　　　　枯答沙伊

| 給我一個披薩。 | ピザを<ruby>一<rt>ひと</rt></ruby>つください。
piza o hitotsu kudasai
披雜 歐 喝伊豆豬 枯答沙伊 |
| 給我兩張票。 | <ruby>切符<rt>きっぷ</rt></ruby>を２<ruby>枚<rt>にまい</rt></ruby>ください。
kippu o nimai kudasai
克伊～撲 歐 尼媽伊 枯答沙伊 |

換個單字念念看

一杯 / 啤酒	ビール / <ruby>一杯<rt>いっぱい</rt></ruby> biiru / ippai 逼～魯 / 伊～趴伊	兩人份 / 生魚片	<ruby>刺身<rt>さしみ</rt></ruby> / <ruby>二人前<rt>ににんまえ</rt></ruby> sashimi / nininmae 沙西咪 / 尼尼恩媽耶
兩個 / 水餃	ギョーザ/ふたつ gyooza / futatsu 克悠～雜 / 夫它豬	一串 / 香蕉	バナナ / <ruby>一房<rt>ひとふさ</rt></ruby> banana / hitofusa 拔那那 / 喝伊豆夫沙
兩條 / 毛巾	タオル / <ruby>二枚<rt>にまい</rt></ruby> taoru / nimai 它歐魯 / 尼媽伊	一條 / 香煙	タバコ/ワンカートン tabako / wankaaton 它拔寇 / 哇恩卡～豆恩

41

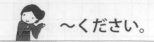～ください。

句型 19　給我○○。

動詞＋ください。
kudasai
枯答沙伊

拿給我看一下。	見^みせてください。 misete kudasai 咪誰貼 枯答沙伊
請告訴我。	教^{おし}えてください。 oshiete kudasai 歐西耶貼 枯答沙伊

換個單字念念看

等一下	待^まって matte 媽ㄟ貼	借過一下	通^{とお}して tooshite 豆～西貼
叫一下	呼^よんで yonde 悠恩爹	開	開^あけて akete 阿克耶貼
喝	飲^のんで nonde 諾恩爹	借看一下	見^みせて misete 咪誰貼
寫	書^かいて kaite 卡伊貼	說	言^いって itte 伊ㄟ貼

～を～ください。

句型 20	請○○。

名詞＋を(で…)＋動詞＋ください。
o (de) kudasai
歐 (爹) 枯答沙伊

請換房間。	部屋を変えてください。 heya o kaete kudasai 黑呀 歐 卡耶貼 枯答沙伊
請叫警察。	警察を呼んでください。 keesatsu o yonde kudasai 克耶～沙豬 歐 悠恩爹 枯答沙伊

換個單字念念看

打掃／房間	部屋を／掃除して heya o / soojishite 黑呀 歐 ／ 搜～基西貼	向右／轉	右に／曲がって migi ni / magatte 咪哥伊 尼 ／ 媽嘎〜貼
說明／這個	これを／説明して kore o / setsumeeshite 寇累 歐 ／ 誰豬妹～西貼	用漢字／寫	漢字で／書いて kanji de / kaite 卡恩基 爹 ／ 卡伊貼
脫／外套	コートを／脱いで kooto o / nuide 寇～豆 歐 ／ 奴伊爹	在那裡／停車	そこで／止まって soko de / tomatte 搜寇 爹 ／ 豆媽〜貼

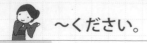

～ください。

句型 21	請○○。

形容詞＋動詞＋ください。
kudasai
枯答沙伊

請趕快起床。	早く起きてください。 hayaku okite kudasai 哈呀枯 歐克伊貼 枯答沙伊
請打掃乾淨。	きれいに掃除してください。 kiree ni soojishite kudasai 克伊累～ 尼 搜～基西貼 枯答沙伊

換個單字念念看

簡單／說明	やさしく／説明して yasashiku / setsumeeshite 呀沙西枯／誰豬妹～西貼	賣／便宜	安く／売って yasuku / utte 呀酥枯／烏へ貼
切／小塊	小さく／切って chiisaku / kitte 七～沙枯／克伊へ貼	當一位／偉大的人	立派に／なって rippa ni / natte 里へ趴 尼／那へ貼
縮短／長度	短く／つめて mijikaku / tsumete 咪基卡枯／豬妹貼	安靜／走路	静かに／歩いて shizuka ni / aruite 西茲卡 尼／阿魯伊貼

～してください。

句型 22	請弄○○。

形容詞＋してください。
shite kudasai
西貼 枯答沙伊

請算便宜一點。	安^{やす}くしてください。 yasuku shite kudasai 呀酥枯 西貼 枯答沙伊
請快一點。	早^{はや}くしてください。 hayaku shite kudasai 哈呀枯 西貼 枯答沙伊

換個單字念念看

亮	明^{あか}るく akaruku 阿卡魯枯	可愛	可愛^{かわい}く kawaiku 卡哇伊枯
大	大^{おお}きく ookiku 歐～克伊枯	涼	涼^{すず}しく suzushiku 酥茲西枯
暖和	暖^{あたた}かく atatakaku 阿它它卡枯	乾淨	きれいに kiree ni 克伊累～尼
短	短^{みじか}く mijikaku 咪基卡枯	安靜	静^{しず}かに shizuka ni 西茲卡 尼

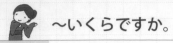

句型 23　〇〇多少錢？

名詞＋いくらですか。
ikura desuka
伊枯拉 爹酥卡

這個多少錢？	これ、いくらですか。 kore ikura desuka 寇累 伊枯拉 爹酥卡
大人要多少錢？	<ruby>大人<rt>おとな</rt></ruby>、いくらですか。 otona ikura desuka 歐豆那 伊枯拉 爹酥卡

換個單字念念看

帽子	<ruby>帽子<rt>ぼうし</rt></ruby> booshi 剝〜西	耳環	イヤリング iyaringu 伊呀里恩估
絲巾	スカーフ sukaafu 酥卡〜夫	戒指	<ruby>指輪<rt>ゆびわ</rt></ruby> yubiwa 尤逼哇
唱片	レコード rekoodo 累寇〜都	太陽眼鏡	サングラス sangurasu 沙恩估拉酥
領帶	ネクタイ nekutai 內枯它伊	比基尼	ビキニ bikini 逼克伊尼

〜いくらですか。

| 句型 24 | ○○多少錢？ |

數量＋いくらですか。
ikura desuka
伊枯拉 爹酥卡

一個多少錢？	^{ひと}一つ、いくらですか。 hitotsu ikura desuka 喝伊豆豬 伊枯拉 爹酥卡
一個小時多少錢？	^{いち}^じ^{かん}一時間、いくらですか。 ichijikan ikura desuka 伊七基卡恩 伊枯拉 爹酥卡

換個單字念念看

一套	^{いっちゃく}一着 icchaku 伊〜洽枯	一束 （一把）	^{ひとたば}一束 hitotaba 喝伊豆它拔
一隻	^{いっぴき}一匹 ippiki 伊〜披克伊	一雙	^{いっそく}一足 issoku 伊〜搜枯
一袋	^{ひとふくろ}一袋 hitofukuro 喝伊豆夫枯落	一套	ワンセット wansetto 哇恩誰〜豆
一台	^{いちだい}一台 ichidai 伊七答伊	一盒	ワンパック wanpakku 哇恩趴〜枯

47

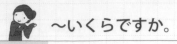

句型 25	○○多少錢？

名詞＋數量＋いくらですか。

ikura desuka

伊枯拉 爹酥卡

這個一個多少錢？	これ、一<ruby>つ<rt>ひと</rt></ruby>ついくらですか。 kore, hitotsu ikura desuka 寇累，喝伊豆豬 伊枯拉 爹酥卡
生魚片一人份多少錢？	<ruby>刺身<rt>さしみ</rt></ruby>、一<ruby>人前<rt>いちにんまえ</rt></ruby>いくらですか。 sashimi, ichininmae ikura desuka 沙西咪，伊七尼恩媽耶 伊枯拉 爹酥卡

換個單字念念看

鞋 / 一雙	くつ / 一<ruby>足<rt>いっそく</rt></ruby> kutsu / issoku 枯豬 / 伊ㄟ搜枯

(洋)蔥 / 一把	ねぎ / 一<ruby>束<rt>ひとたば</rt></ruby> negi / hitotaba 內哥伊 / 喝伊豆它拔

蛋 / 一盒	たまご / ワンパック tamago / wanpakku 它媽勾 / 哇恩趴ㄟ枯

狗 / 一隻	<ruby>犬<rt>いぬ</rt></ruby> / 一<ruby>匹<rt>いっぴき</rt></ruby> inu / ippiki 伊奴 / 伊ㄟ披克伊

手套 / 一雙	<ruby>手袋<rt>てぶくろ</rt></ruby> / 一<ruby>組<rt>ひとくみ</rt></ruby> tebukuro / hitokumi 貼布枯落 / 喝伊豆枯咪

相機 / 一台	カメラ / 一<ruby>台<rt>いちだい</rt></ruby> kamera / ichidai 卡妹拉 / 伊七答伊

～はありますか。

| 句型 26 | 有○○嗎？ |

名詞＋はありますか。
wa arimasuka
哇 阿里媽酥卡

有報紙嗎？	しんぶん **新聞はありますか。** shinbun wa arimasuka 西恩布恩 哇 阿里媽酥卡
有位子嗎？	せき **席はありますか。** seki wa arimasuka 誰克伊 哇 阿里媽酥卡

換個單字念念看

電視	**テレビ** terebi 貼累逼	保險箱	きん こ **金庫** kinko 克伊恩寇
冰箱	れいぞう こ **冷蔵庫** reezooko 累〜宙〜寇	游泳池	**プール** puuru 撲〜魯
傳真	**ファックス** fakkusu 發〜枯酥	熨斗	**アイロン** airon 阿伊落恩
健身房	**ジム** jimu 基母	衛星節目	えいせいほうそう **衛星放送** eeseehoosoo 耶〜誰〜后〜搜〜

〜はありますか。

句型 27	有〇〇嗎？

場所＋はありますか。
wa arimasuka
哇 阿里媽酥卡

有郵局嗎？	ゆうびんきょく 郵便局はありますか。 yuubinkyoku wa arimasuka 尤〜逼恩卡悠枯 哇 阿里媽酥卡
有大眾澡堂嗎？	せんとう 銭湯はありますか。 sentoo wa arimasuka 誰恩豆〜 哇 阿里媽酥卡

換個單字念念看

電影院	えいがかん 映画館 eegakan 耶〜嘎卡恩	滑雪場	じょう スキー場 sukiijoo 酥克伊〜久〜
公園	こうえん 公園 kooen 寇〜耶恩	飯店	ホテル hoteru 后貼魯
庭園	ていえん 庭園 teeen 貼〜耶恩	民宿	みんしゅく 民宿 minshuku 咪恩咻枯
美術館	びじゅつかん 美術館 bijutsukan 逼啾豬卡恩	旅館	りょかん 旅館 ryokan 溜卡恩

～はありますか。

句型 28	有○○嗎？

形容詞＋名詞＋はありますか。
wa arimasuka
哇 阿里媽酥卡

有便宜的位子嗎？	<ruby>安<rt>やす</rt></ruby>い<ruby>席<rt>せき</rt></ruby>はありますか。 yasui seki wa arimasuka 呀酥伊 誰克伊 哇 阿里媽酥卡
有紅色的裙子嗎？	<ruby>赤<rt>あか</rt></ruby>いスカートはありますか。 akai sukaato wa arimasuka 阿卡伊 酥卡〜豆 哇 阿里媽酥卡

換個單字念念看

大的 / 房間	<ruby>大<rt>おお</rt></ruby>きい / <ruby>部屋<rt>へ や</rt></ruby> ookii / heya 歐〜克伊〜 / 黑呀	黑色 / 高跟鞋	<ruby>黒<rt>くろ</rt></ruby>い / ハイヒール kuroi / haihiiru 枯落伊 / 哈伊喝伊〜魯
便宜的 / 旅館	<ruby>安<rt>やす</rt></ruby>い / <ruby>旅館<rt>りょかん</rt></ruby> yasui / ryokan 呀酥伊 / 溜卡恩	白色 / 連身裙	<ruby>白<rt>しろ</rt></ruby>い / ワンピース shiroi / wanpiisu 西落伊 / 哇恩披〜酥
古老的 / 神社	<ruby>古<rt>ふる</rt></ruby>い / <ruby>神社<rt>じんじゃ</rt></ruby> furui / jinja 夫魯伊 / 基恩甲	可愛 / 內衣	<ruby>可愛<rt>かわい</rt></ruby>い / <ruby>下着<rt>した ぎ</rt></ruby> kawaii / shitagi 卡哇伊〜 / 西它哥伊

～はどこですか。

句型 29	○○在哪裡？

場所＋はどこですか。
wa doko desuka
哇 都寇 爹酥卡

廁所在哪裡？	トイレはどこですか。 toire wa doko desuka 豆伊累 哇 都寇 爹酥卡
便利商店在哪裡？	コンビニはどこですか。 konbini wa doko desuka 寇恩逼尼 哇 都寇 爹酥卡

換個單字念念看

百貨	デパート depaato 爹趴～豆	棒球場	や きゅうじょう 野球場 yakyuujoo 呀卡伊鳥～久～
超市	スーパー suupaa 酥～趴～	劇場	げきじょう 劇場 gekijoo 給克伊久～
水族館	すいぞくかん 水族館 suizokukan 酥伊宙枯卡恩	遊樂園	ゆうえん ち 遊園地 yuuenchi 尤～耶恩七
名産店	み やげものや 土産物屋 miyagemonoya 咪呀給某諾呀	美容院	び よういん 美容院 biyooin 逼悠～伊恩

句型 30　麻煩○○。

名詞＋をお願いします。
o onegai shimasu
歐 歐內嘎伊 西媽酥

麻煩給我行李。	荷物をお願いします。 nimotsu o onegai shimasu 尼某豬 歐 歐內嘎伊 西媽酥
麻煩結帳。	お勘定をお願いします。 okanjoo o onegai shimasu 歐卡恩久～ 歐 歐內嘎伊 西媽酥

換個單字念念看

洗衣	洗濯物 sentakumono 誰恩它枯某諾	住宿登記	チェックイン chekkuin 切～枯伊恩
點菜	注文 chuumon 七烏～某恩	收據	領収書 ryooshuusho 溜～咻～休
兌幣	両替 ryoogae 溜～嘎耶	一張	一枚 ichimai 伊七媽伊
客房服務	ルームサービス ruumusaabisu 魯～母沙～逼酥	預約	予約 yoyaku 悠呀枯

～でお願いします。

句型 31　麻煩用○○。

名詞＋でお願いします。
de onegai shimasu
爹 歐內嘎伊 西媽酥

麻煩空運。	航空便でお願いします。 kookuubin de onegai shimasu 寇～枯～逼恩 爹 歐內嘎伊 西媽酥
我要用信用卡付款。	カードでお願いします。 kaado de onegai shimasu 卡～都 爹 歐內嘎伊 西媽酥

換個單字念念看

海運	船便 funabin 夫那逼恩	一次付清	一括 ikkatsu 伊ㄟ卡豬
限時	速達 sokutatsu 搜枯它豬	分開計算	別々 betsubetsu 貝豬貝豬
掛號	書留 kakitome 卡克伊豆妹	飯前	食前 shokuzen 休枯賊恩
包裹	小包 kozutsumi 寇茲豬咪	飯後	食後 shokugo 休枯勾

～までお願いします。

Track ◎ **44**

Step **1** 假名與發音

Step **2** 寒暄一下

Step **3** 基本句型

Step **4** 說說自己

Step **5** 旅遊日語

句型 32	麻煩載我到○○。

場所＋までお願いします。
made onegai shimasu
媽爹 歐內嘎伊 西媽酥

請到車站。	**駅までお願いします。** eki made onegai shimasu 耶克伊 媽爹 歐內嘎伊 西媽酥
請到飯店。	**ホテルまでお願いします。** hoteru made onegai shimasu 后貼魯 媽爹 歐內嘎伊 西媽酥

換個單字念念看

郵局	**郵便局** ゆうびんきょく yuubinkyoku 尤～逼恩卡悠枯	圖書館	**図書館** としょかん toshokan 豆休卡恩
銀行	**銀行** ぎんこう ginkoo 哥伊恩寇～	電影院	**映画館** えいがかん eegakan 耶～嘎卡恩
區公所	**区役所** くやくしょ kuyakusho 枯呀枯休	百貨公司	**デパート** depaato 爹趴～豆
公園	**公園** こうえん kooen 寇～耶恩	這裡	**ここ** koko 寇寇

| 句型 33 | 請給我○○。 |

名詞＋數量＋お願いします。
onegai shimasu
歐內嘎伊 西媽酥

| 請給我成人票一張。 | 大人一枚お願いします。
otona ichimai onegai shimasu
歐豆那 伊七媽伊 歐內嘎伊 西媽酥 |
| 請給我一瓶啤酒。 | ビール一本お願いします。
biiru ippon onegai shimasu
逼～魯 伊～剖恩 歐內嘎伊 西媽酥 |

換個單字念念看

玫瑰 / 兩朵	バラ / 二本 bara / nihon 拔拉 / 尼后恩	襯衫 / 一件	シャツ / 一枚 shatsu / ichimai 蝦豬 / 伊七媽伊
筆記 / 三本	ノート / 三冊 nooto / sansatsu 諾～豆 / 沙恩沙豬	套裝 / 一套	スーツ / 一着 suutsu / icchaku 酥～豬 / 伊～洽枯
魚 / 兩條	魚 / 二匹 sakana / nihiki 沙卡那 / 尼喝伊克伊	相機 / 一台	カメラ / 一台 kamera / ichidai 卡妹拉 / 伊七答伊

～はどうですか。

| 句型 34 | ○○如何？ |

名詞＋はどうですか。
wa doo desuka
哇 都～ 爹酥卡

烤肉如何？	^{やきにく}焼肉はどうですか。 yakiniku wa doo desuka 呀克伊尼枯 哇 都～ 爹酥卡
旅行怎麼樣？	^{りょこう}旅行はどうですか。 ryokoo wa doo desuka 溜寇～ 哇 都～ 爹酥卡

換個單字念念看

領帶	ネクタイ nekutai 內枯它伊	壽司	^{す し}寿司 sushi 酥西
電車	^{でんしゃ}電車 densha 爹恩蝦	關東煮	おでん oden 歐爹恩
計程車	タクシー takushii 它枯西～	星期天	^{にちよう び}日曜日 nichiyoobi 尼七悠～逼
夏威夷	ハワイ hawai 哈哇伊	天氣	^{てん き}天気 tenki 貼恩克伊

～の～はどうですか。

句型 35　○○如何？

時間＋の＋名詞＋はどうですか。
no
諾
wa doo desuka
哇 都～ 爹酥卡

今年的運勢如何？	今年の運勢はどうですか。 kotoshi no unsee wa doo desuka 寇豆西 諾 烏恩誰～ 哇 都～ 爹酥卡
昨天的考試如何？	昨日の試験はどうですか。 kinoo no shiken wa doo desuka 克伊諾～ 諾 西克耶恩 哇 都～ 爹酥卡

換個單字念念看

今天 / 天氣	今日 / 天気 kyoo / tenki 卡悠～ / 貼恩克伊	昨晚 / 菜	昨晩 / 料理 sakuban / ryoori 沙枯拔恩 / 溜～里
昨天 / 音樂會	昨日 / 音楽会 kinoo / ongakukai 克伊諾～ / 歐恩嘎枯卡伊	上個月 / 旅行	先月 / 旅行 sengetsu / ryokoo 誰恩給豬 / 溜寇～
星期天 / 考試	日曜日 / 試験 nichiyoobi / shiken 尼七悠～逼 / 西克耶恩	星期六 / 比賽	土曜日 / 試合 doyoobi / shiai 都悠～逼 / 西阿伊

～がいいです。 Track ◎ **48**

句型 36	我要○○。

名詞＋がいいです。

ga ii desu
嘎 伊～ 爹酥

我要咖啡。	コーヒーがいいです。 koohii ga ii desu 寇～喝伊～ 嘎 伊～ 爹酥
我要天婦羅。	てんぷらがいいです。 tenpura ga ii desu 貼恩撲拉 嘎 伊～ 爹酥

換個單字念念看

這個	**これ** kore 寇累		西瓜	**スイカ** suika 酥伊卡
那個	**それ** sore 搜累		拉麵	**ラーメン** raamen 拉～妹恩
那個	**あれ** are 阿累		烏龍麵	**うどん** udon 烏都恩
蕃茄	**トマト** tomato 豆媽豆		果汁	**ジュース** juusu 啾～酥

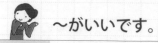
句型 37 　我要○○。

形容詞＋がいいです。
ga ii desu
嘎 伊〜 爹酥

我要大的。	^{おお}大きいのがいいです。 ookii noga ii desu 歐〜克伊〜 諾嘎 伊〜 爹酥
我要便宜的。	^{やす}安いのがいいです。 yasui noga ii desu 呀酥伊 諾嘎 伊〜 爹酥

換個單字念念看

小的	^{ちい}小さいの chiisai no 七〜沙伊 諾		冰涼的	^{つめ}冷たいの tsumetai no 豬妹它伊 諾
藍的	^{あお}青いの aoi no 阿歐伊 諾		耐用的	^{じょう ぶ}丈夫なの joobu nano 久〜布 那諾
黑的	^{くろ}黒いの kuroi no 枯落伊 諾		普通的	^{ふ つう}普通なの futsuu nano 夫豬〜 那諾
短的	^{みじか}短いの mijikai no 咪基卡伊 諾		熱鬧的	^{にぎ}賑やかなの nigiyaka nano 尼哥伊呀卡 那諾

～もいいですか。

句型 38	可以○○嗎？

動詞＋もいいですか。
mo ii desuka
某 伊～ 爹酥卡

可以喝嗎？	飲んでもいいですか。 nondemo ii desuka 諾恩爹某 伊～ 爹酥卡
可以試穿嗎？	試着してもいいですか。 shichaku shitemo ii desuka 西洽枯 西貼某 伊～ 爹酥卡

換個單字念念看

吃	食べて tabete 它貝貼	看	見て mite 咪貼
坐	座って suwatte 酥哇ㄟ貼	休息	休んで yasunde 呀酥恩爹
摸	触って sawatte 沙哇ㄟ貼	唱	歌って utatte 烏它ㄟ貼
聽（問）	聞いて kiite 克伊～貼	用	使って tsukatte 豬卡ㄟ貼

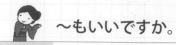

～もいいですか。

句型 39	可以〇〇嗎？

名詞(を…)＋動詞＋もいいですか。

o
歐

mo ii desuka
某 伊～ 爹酥卡

可以抽煙嗎？	タバコを吸ってもいいですか。 tabako o suttemo ii desuka 它拔寇 歐 酥〜貼某 伊～ 爹酥卡
可以坐這裡嗎？	ここに座ってもいいですか。 koko ni suwattemo ii desuka 寇寇 尼 酥哇〜貼某 伊～ 爹酥卡

換個單字念念看

相 / 照	写真を / 撮って shashin o / totte 蝦西恩 歐 / 豆〜貼	在這裡 / 寫	ここに / 書いて koko ni / kaite 寇寇 尼 / 卡伊貼
歌 / 唱	歌を / 歌って uta o / utatte 烏它 歐 / 烏它〜貼	啤酒 / 喝	ビールを / 飲んで biiru o / nonde 逼〜魯 歐 / 諾恩爹
鋼琴 / 彈	ピアノを / 弾いて piano o / hiite 披阿諾 歐 / 喝伊～貼	鞋子 / 脫	靴を / 脱いで kutsu o / nuide 枯豬 歐 / 奴伊爹

～たいです。

| 句型 40 | 想○○。 |

動詞＋たいです。
tai desu
它伊 爹酥

想吃。	食^たべたいです。 tabetai desu 它貝它伊 爹酥
想聽。	聞^ききたいです。 kikitai desu 克伊克伊它伊 爹酥

換個單字念念看

玩	遊^{あそ}び asobi 阿搜逼	回家	帰^{かえ}り kaeri 卡耶里
走	歩^{ある}き aruki 阿魯克伊	飛	飛^とび tobi 豆逼
游泳	泳^{およ}ぎ oyogi 歐悠哥伊	說	話^{はな}し hanashi 哈那西
買	買^かい kai 卡伊	搭乘	乗^のり nori 諾里

〜たいです。

句型 41	我想到○○。

場所＋まで、行きたいです。
made,　　ikitai desu
媽爹,　　伊克伊它伊 爹酥

想到澀谷。	しぶ や えき 渋谷駅まで行きたいです。 shibuyaeki made ikitai desu 西布呀耶克伊 媽爹 伊克伊它伊 爹酥	
想到成田機場。	なり た くうこう い 成田空港まで行きたいです。 naritakuukoo made ikitai desu 那里它枯〜寇〜 媽爹 伊克伊它伊 爹酥	

換個單字念念看

新宿	しんじゅく **新宿** shinjuku 西恩啾枯	池袋	いけぶくろ **池袋** ikebukuro 伊克耶布枯落
原宿	はらじゅく **原宿** harajuku 哈拉啾枯	橫濱	よこはま **橫浜** yokohama 悠寇哈媽
青山	あおやま **青山** aoyama 阿歐呀媽	鎌倉	かまくら **鎌倉** kamakura 卡媽枯拉
惠比壽	え び す **恵比寿** ebisu 耶逼酥	伊豆	い ず **伊豆** izu 伊茲

〜たいです。

| 句型 42 | 想○○。 |

名詞(を…)＋動詞＋たいです。
o / tai desu
歐 / 它伊 爹酥

| 想泡溫泉。 | <ruby>温泉<rt>おんせん</rt></ruby>に<ruby>入<rt>はい</rt></ruby>りたいです。
onsen ni hairi tai desu
歐恩誰恩 尼 哈伊里 它伊 爹酥 |
| 想預約房間。 | <ruby>部屋<rt>へや</rt></ruby>を<ruby>予約<rt>よやく</rt></ruby>したいです。
heya o yoyaku shitai desu
黑呀 歐 悠呀枯 西它伊 爹酥 |

換個單字念念看

電影 / 看	<ruby>映画<rt>えいが</rt></ruby>を / <ruby>見<rt>み</rt></ruby> eega o / mi 耶〜嘎 歐 / 咪	料理 / 吃	<ruby>料理<rt>りょうり</rt></ruby>を / <ruby>食<rt>た</rt></ruby>べ ryoori o / tabe 溜〜里 歐 / 它貝
高爾夫球/ 打	ゴルフを / し gorufu o / shi 勾魯夫 歐 / 西	演唱會 / 聽	コンサートに/ <ruby>行<rt>い</rt></ruby>き konsaato ni / iki 寇恩沙〜豆 尼 / 伊克伊
煙火 / 看	<ruby>花火<rt>はなび</rt></ruby>を / <ruby>見<rt>み</rt></ruby> hanabi o / mi 哈那逼 歐 / 咪	卡拉OK / 去唱	カラオケに/ <ruby>行<rt>い</rt></ruby>き karaoke ni / iki 卡拉歐克耶 尼 / 伊克伊

| 句型 43 | 我要找○○。 |

名詞＋を探しています。
o sagashite imasu
歐 沙嘎西貼 伊媽酥

我要找裙子。	スカートを探しています。 sukaato o sagashite imasu 酥卡〜豆 歐 沙嘎西貼 伊媽酥
我要找雨傘。	傘を探しています。 kasa o sagashite imasu 卡沙 歐 沙嘎西貼 伊媽酥

換個單字念念看

褲子	ズボン zubon 茲剃恩	領帶	ネクタイ nekutai 內枯它伊
休閒鞋	スニーカー suniikaa 酥尼〜卡〜	唱片	レコード rekoodo 累寇〜都
手帕	ハンカチ hankachi 哈恩卡七	皮帶	ベルト beruto 貝魯豆
洗髮精	シャンプー shanpuu 蝦恩撲〜	圍巾	マフラー mafuraa 媽夫拉〜

〜が欲^ほしいです。

Step
1
假名與發音

Step
2
寒暄一下

Step
3
基本句型

Step
4
說說自己

Step
5
旅遊日語

句型 44	我要〇〇。

名詞＋が欲^ほしいです。
ga hoshii desu
嘎 后西〜 爹酥

想要鞋子。	靴^{くつ}が欲^ほしいです。 kutsu ga hoshii desu 枯豬 嘎 后西〜 爹酥
想要香水。	香水^{こうすい}が欲^ほしいです。 koosui ga hoshii desu 寇〜酥伊 嘎 后西〜 爹酥

換個單字念念看

錄音帶	テープ teepu 貼〜撲	襪子	靴下^{くつした} kutsushita 枯豬西它
錄影機	ビデオカメラ bideokamera 逼爹歐卡妹拉	手帕	ハンカチ hankachi 哈恩卡七
底片	フィルム fuirumu 夫伊魯母	字典	辞書^{じしょ} jisho 基休
收音機	ラジオ rajio 拉基歐	筆記本	ノート nooto 諸〜豆

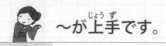

〜が上手です。

| 句型 45 | 很會○○。 |

名詞＋が上手です。
ga joozu desu
嘎 久〜茲 爹酥

很會唱歌。	歌が上手です。 uta ga joozu desu 烏它 嘎 久〜茲 爹酥
很會打網球。	テニスが上手です。 tenisu ga joozu desu 貼尼酥 嘎 久〜茲 爹酥

換個單字念念看

作菜	料理 ryoori 溜〜里	打桌球	ピンポン pinpon 披恩剖恩
游泳	水泳 suiee 酥伊耶〜	講英語	英語 eego 耶〜勾
打籃球	バスケットボール basukettobooru 拔酥克耶〜豆剝〜魯	講日語	日本語 nihongo 尼后恩勾
打棒球	野球 yakyuu 呀卡伊烏〜	講中文	中国語 chuugokugo 七烏〜勾枯勾

句型 46　太○○。

形容詞＋すぎます。
sugimasu
酥哥伊媽酥

太貴。	<ruby>高<rt>たか</rt></ruby>すぎます。 taka sugimasu 它卡 酥哥伊媽酥
太大。	<ruby>大<rt>おお</rt></ruby>きすぎます。 ooki sugimasu 歐〜克伊 酥哥伊媽酥

換個單字念念看

低	<ruby>低<rt>ひく</rt></ruby> hiku 喝伊枯	重	<ruby>重<rt>おも</rt></ruby> omo 歐某
小	<ruby>小<rt>ちい</rt></ruby>さ chiisa 七〜沙	輕	<ruby>軽<rt>かる</rt></ruby> karu 卡魯
快	<ruby>速<rt>はや</rt></ruby> haya 哈呀	厚	<ruby>厚<rt>あつ</rt></ruby> atsu 阿豬
難	<ruby>難<rt>むずか</rt></ruby>し muzukashi 母茲卡西	薄	<ruby>薄<rt>うす</rt></ruby> usu 烏酥

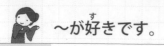 ～が好きです。

句型 47	喜歡○○。

名詞＋が好きです。

ga suki desu
嘎 酥克伊 爹酥

喜歡漫畫。	**マンガが好きです。** manga ga suki desu 媽恩嘎 嘎 酥克伊 爹酥
喜歡電玩。	**ゲームが好きです。** geemu ga suki desu 給～母 嘎 酥克伊 爹酥

換個單字念念看

網球	**テニス** tenisu 貼尼酥	高爾夫	**ゴルフ** gorufu 勾魯夫
棒球	**野球** yakyuu 呀卡伊烏～	兜風	**ドライブ** doraibu 都拉伊布
足球	**サッカー** sakkaa 沙ㄟ卡～	爬山	**登山** tozan 豆雜恩
釣魚	**つり** tsuri 豬里	游泳	**水泳** suiee 酥伊耶～

~に興味があります。　　　　　　　　Track ◎ 60

句型 48　對〇〇感興趣。

名詞＋に興味があります。
ni kyoomi ga arimasu
尼 <u>卡悠</u>～咪 嘎 阿里媽酥

對音樂有興趣。	音楽に興味があります。 ongaku ni kyoomi ga arimasu 歐恩嘎枯 尼 <u>卡悠</u>～咪 嘎 阿里媽酥
對漫畫有興趣。	マンガに興味があります。 manga ni kyoomi ga arimasu 媽恩嘎 尼 <u>卡悠</u>～咪 嘎 阿里媽酥

換個單字念念看

歷史	歴史 rekishi <u>累克伊</u>西	電影	映画 eega 耶～嘎
政治	政治 seeji 誰～基	藝術	芸術 geejutsu 給～啾豬
經濟	経済 keezai <u>克耶</u>～雜伊	花道	華道 kadoo 卡都～
小說	小説 shoosetsu 休～誰豬	茶道	茶道 sadoo 沙都～

71

〜で〜があります。

| 句型 49 | ○○有○○。 |

場所＋で＋慶典＋があります。
de 爹 　　　　　**ga arimasu** 嘎 阿里媽酥

| 淺草有慶典。 | あさくさまつ
浅草でお祭りがあります。
asakusa de omatsuri ga arimasu
阿沙枯沙 爹 歐媽豬里 嘎 阿里媽酥 |

| 札幌有雪祭。 | さっぽろゆきまつ
札幌で雪祭りがあります。
sapporo de yukimatsuri ga arimasu
沙ㄟ剖落 爹 尤克伊媽豬里 嘎 阿里媽酥 |

換個單字念念看

秋田 / 竿燈祭	あき たかんとうまつり 秋田 / 竿灯祭 akita / kantoomatsuri 阿克伊它/卡恩豆〜媽豬里	東京 / 三社祭	とうきょうさんじゃまつり 東京 / 三社祭 tookyoo / sanjamatsuri 豆〜卡悠〜/ 沙恩甲媽豬里
青森 / 驅魔祭	あおもりまつり 青森 / ねぶた祭 aomori / nebutamatsuri 阿歐某里 / 內布它媽豬里	德島 / 阿波舞祭	とくしまあ わ おど 徳島 / 阿波踊り tokushima / awaodori 豆枯西媽 / 阿哇歐都里
仙台 / 七夕祭	せんだいたなばたまつり 仙台 / 七夕祭 sendai / tanabatamatsuri 誰恩答伊 / 它那拔它媽豬里	京都 / 祇園祭	きょう とぎ おんまつり 京都 / 祇園祭 kyooto / gionmatsuri 卡悠〜豆 / 哥伊歐恩媽豬里

Track ◎ 62

Step 1 假名與發音
Step 2 寒暄一下
Step 3 基本句型
Step 4 說說自己
Step 5 旅遊日語

〜が痛いです。

| 句型 50 | ○○痛。 |

身體＋が痛いです。
ga itai desu
嘎 伊它伊 爹酥

| 頭痛。 | 頭が痛いです。
atama ga itai desu
阿它媽 嘎 伊它伊 爹酥 |
| 腳痛。 | 足が痛いです。
ashi ga itai desu
阿西 嘎 伊它伊 爹酥 |

換個單字念念看

肚子	おなか onaka 歐那卡	胸	むね mune 母內
腰	腰 koshi 寇西	背部	背中 senaka 誰那卡
膝蓋	ひざ hiza 喝伊雜	手	手 te 貼
牙齒	歯 ha 哈	手腕	腕 ude 烏爹

～をなくしました。

句型 51	丢了○○。

物＋をなくしました。
o nakushimashita
歐 那枯西媽西它

我把錢包弄丟了。	さい ふ **財布をなくしました。** saifu o nakushimashita 沙伊夫 歐 那枯西媽西它
我把相機弄丟了。	**カメラをなくしました。** kamera o nakushimashita 卡妹拉 歐 那枯西媽西它

換個單字念念看

票	**チケット** chiketto 七克耶ㄟ豆	護照	**パスポート** pasupooto 趴酥剖～豆
機票	こうくうけん **航空券** kookuuken 寇～枯～克耶恩	眼鏡	**めがね** megane 妹嘎內
戒指	ゆび わ **指輪** yubiwa 尤逼哇	外套	**コート** kooto 寇～豆
卡片	**カード** kaado 卡～都	手錶	うで ど けい **腕時計** udedokee 烏參都克耶～

~に~を忘れました。 〜わす

句型 52　〇〇忘在〇〇了。

場所＋に＋物＋を忘れました。
ni　　　　　　　 o wasuremashita
尼　　　　　　　 歐 哇酥累媽西它

包包忘在巴士上了。	バスにかばんを忘れました。 basu ni kaban o wasuremashita 拔酥 尼 卡拔恩 歐 哇酥累媽西它
鑰匙忘在房間裡了。	部屋に鍵を忘れました。 heya ni kagi o wasuremashita 黑呀 尼 卡哥伊 歐 哇酥累媽西它

換個單字念念看

計程車／ 傘	タクシー／傘 takushii / kasa 它枯西〜／卡沙	桌上／ 票	テーブルの上／切符 teeburu no ue / kippu 貼〜布魯 諾 烏耶／克伊〜撲
電車／ 報紙	電車／新聞 densha / sinbun 爹恩蝦／西恩布恩	浴室／ 手錶	バスルーム／腕時計 basuruumu / udedokee 拔酥魯〜母／烏爹都克耶〜

～を盗まれました。

句型 53	○○被偷了。

物＋を盗まれました。
o nusumaremashita
歐 奴酥媽累媽西它

包包被偷了。	**かばんを盗まれました。** kaban o nusumaremashita 卡拔恩 歐 奴酥媽累媽西它
錢被偷了。	**現金を盗まれました。** genkin o nusumaremashita 給恩克伊恩 歐 奴酥媽累媽西它

換個單字念念看

錢包	**財布** saifu 沙伊夫	護照	**パスポート** pasupooto 趴酥剖～豆
照相機	**カメラ** kamera 卡妹拉	機票	**航空券** kookuuken 寇～枯～克耶恩
手錶	**腕時計** udedokee 烏爹都克耶	駕照 （執照）	**免許証** menkyoshoo 妹恩卡悠休～
卡片	**カード** kaado 卡～都	筆記型 電腦	**ノートパソコン** nootopasokon 諾～豆趴搜寇恩

～と思っています。

句型 54	我想〇〇。

句＋と思っています。
to omottte imasu
豆 歐某へ貼 伊媽酥

我想去日本。	日本に行きたいと思っています。 nihon ni ikitai to omottte imasu 尼后恩 尼 伊克伊它伊 豆 歐某へ貼 伊媽酥 ♪♫
我想那個人是犯人。	あの人が犯人だと思っています。 ano hito ga hanninda to omotte imasu 阿諾 喝伊豆 嘎 哈恩尼恩答 豆 歐某へ貼 伊媽酥

換個單字念念看

想當老師	先生になりたい sensee ni naritai 誰恩誰～ 尼 那里它伊	她不會結婚	彼女は結婚しない kanojo wa kekkonshinai 卡諾久 哇 克耶へ寇恩西那伊
想住在郊外	郊外に住みたい koogai ni sumitai 寇～嘎伊 尼 酥咪它伊	他是對的	彼は正しい kare wa tadashii 卡累 哇 它答西～
想到國外旅行	海外旅行したい kaigairyokooshitai 卡伊嘎伊溜寇～西它伊	幸好有去旅行	旅行してよかった ryokooshite yokatta 溜寇～西貼 悠卡へ它

MEMO

Step 4
說說自己

中文拼音小貼士！

❶ 2 個以上的中文拼音，下面有＿＿（底線）時，記得要把底線上的字，全部合起來唸成 1 個音。例如：**きく**（聽）要唸成「**克伊枯**」喔！

❷ 中文拼音之中，如果看到「︿」的符號，表示這裡要憋氣停一下。例如：**まって**（等一下）要唸成「**媽︿貼**」喔！

❸ 中文拼音之中，如果看到「～」的符號，表示這一個音，要拉長唸成 2 拍喔！常出現的組合如下。例如：**おかあさん**（媽媽）要唸成「**歐卡～沙恩**」喔！

① 我姓李

Track ◎ **67**

| 句型 | 我姓○○。 |

姓＋です。
desu
爹酥

換個單字念念看

李	リー **李** rii 里～	鈴木	すず き **鈴木** suzuki 酥茲克伊
金	**キム** kimu 克伊母	田中	た なか **田中** tanaka 它那卡

例句

初次見面，我姓楊。	ヨウ もう **はじめまして、楊と申します。** hajimemashite, yoo to mooshimasu 哈基妹媽西貼, 悠～ 豆 某～西媽酥
請多指教。	ねが **よろしくお願いします。** yoroshiku onegai shimasu 悠落西枯 歐內嘎伊 西媽酥
我才是，請多指教。	**こちらこそ、よろしく。** kochirakoso yoroshiku 寇七拉寇搜 悠落西枯

② 我從台灣來的

Track ◎ **68**

| 句型 | 我從〇〇來。 |

國名＋から来ました。
kara kimashita
卡拉 克伊媽西它

換個單字念念看

台灣	タイワン **台湾** taiwan 它伊哇恩	中國	ちゅうごく **中国** chuugoku 七烏～勾枯
英國	**イギリス** igirisu 伊哥伊里酥	美國	**アメリカ** amerika 阿妹里卡

 例句

您是哪國人？	お国はどちらですか。 okuni wa dochira desuka 歐枯尼 哇 都七拉 爹酥卡
我是台灣人。	わたし　タイワンじん 私は台湾人です。 watashi wa taiwanjin desu 哇它西 哇 它伊哇恩基恩 爹酥
我畢業於日本大學。	わたし　に ほんだいがくしゅっしん 私は日本大学出身です。 watashi wa nihondaigaku shusshin desu 哇它西 哇 尼后恩答伊嘎枯 咻～西恩 爹酥

③ 我是粉領族

Track ◎ 69

句型 我是○○。

職業＋です。
desu
爹酥

換個單字念念看

學生	がくせい **学生** gakusee 嘎枯誰～	粉領族	オーエル **OL** ooeru 歐～耶魯
醫生	いしゃ **医者** isha 伊蝦	工程師	**エンジニア** enjinia 耶恩基尼阿

 例句

您從事哪一種工作？	しごと なん **お仕事は何ですか。** oshigoto wa nan desuka 歐西勾豆 哇 那恩 爹酥卡
我是日語老師。	に ほん ご きょうし **日本語教師です。** nihongo kyooshi desu 尼后恩勾 卡悠～西 爹酥
我在貿易公司工作。	ぼうえきがいしゃ はたら **貿易会社で働いています。** booekigaisha de hataraite imasu 剝～耶克伊嘎伊蝦 爹 哈它拉伊貼 伊媽酥

① 這是我弟弟

Track ◎ **70**

句型	這是○○。

これは＋名詞＋です。

kore wa　　　　　　**desu**
寇累 哇　　　　　　　　爹酥

換個單字念念看

弟弟	おとうと **弟** otooto 歐豆〜豆	姊姊	あね **姉** ane 阿內
哥哥	あに **兄** ani 阿尼	妹妹	いもうと **妹** imooto 伊某〜豆

 例句

這個人是誰？	ひと　だれ **この人は誰ですか。** kono hito wa dare desuka 寇諾 喝伊豆 哇 答累 爹酥卡
我有一個弟弟。	おとうと　ひとり **弟が一人います。** otooto ga hitori imasu 歐豆〜豆 嘎 喝伊豆里 伊媽酥
弟弟比我小兩歲。	おとうと　わたし　　に　さいした **弟は私より二歳下です。** otooto wa watashi yori nisai shita desu 歐豆〜豆 哇 哇它西 悠里 尼沙伊 西它 爹酥

② 哥哥是行銷員

Track 71

句型 ○○公司。

名詞＋の会社(かいしゃ)です。

no kaisha desu
諾 卡伊蝦 爹酥

換個單字念念看

汽車	車(くるま) kuruma 枯魯媽	鞋子	靴(くつ) kutsu 枯豬
電腦	コンピューター konpyuutaa 寇恩披烏～它～	藥品	薬(くすり) kusuri 枯酥里

例句

哥哥是行銷員。	兄(あに)はセールスマンです。 ani wa seerusuman desu 阿尼 哇 誰～魯酥媽恩 爹酥
您哥哥在哪一家公司上班？	お兄(にい)さんの会社(かいしゃ)はどちらですか。 oniisan no kaisha wa dochira desuka 歐尼～沙恩 諾 卡伊蝦 哇 都七拉 爹酥卡
ABC汽車。	ＡＢＣ(エービーシー)自動車(じどうしゃ)です。 eebiishii jidoosha desu 耶～逼～西～ 基都～蝦 爹酥

③ 我姊姊很活潑 Track ◎ **72**

句型	我姊姊○○。

姉は＋形容詞＋です。
ane wa　　　　　　　　　desu
阿內 哇　　　　　　　　　爹酥

換個單字念念看

活潑	明るい akarui 阿卡魯伊	有一點 性急	少し短気 sukoshi tanki 酥寇西 它恩克伊
溫柔	やさしい yasashii 呀沙西〜	頑固	頑固 ganko 嘎恩寇

 例句

姊姊不小氣。	姉はけちではありません。 ane wa kechi dewa arimasen 阿內 哇 克耶七 爹哇 阿里媽誰恩
姊姊朋友很多。	姉は友だちが多いです。 ane wa tomodachi ga ooi desu 阿內 哇 豆某答七 嘎 歐〜伊 爹酥
姊姊沒有男朋友。	姉は彼氏がいません。 ane wa kareshi ga imasen 阿內 哇 卡累西 嘎 伊媽誰恩

Step **1** 假名與發音

Step **2** 寒暄一下

Step **3** 基本句型

Step **4** 說說自己

Step **5** 旅遊日語

① 今天真暖和

Track ◎ 73

| 句型 | 今天○○。 |

きょう
今日は＋形容詞＋ですね。
kyoo wa   **desune**
卡悠～ 哇   爹酥內

換個單字念念看

熱	あつ **暑い** atsui 阿豬伊	溫暖	あたた **暖かい** atatakai 阿它它卡伊
冷	さむ **寒い** samui 沙母伊	涼爽	すず **涼しい** suzusii 酥茲西～

今天是好天氣。	きょう　　　　てん き **今日はいい天気ですね。** kyoo wa ii tenki desune 卡悠～ 哇 伊～ 貼恩克伊 爹酥內
正在下雨。	あめ　　ふ **雨が降っています。** ame ga futte imasu 阿妹 嘎 夫～貼 伊媽酥
早上是晴天。	あさ　　は **朝は晴れていました。** asa wa harete imashita 阿沙 哇 哈累貼 伊媽西它

② 東京天氣如何？

| 句型 | 東京的〇〇如何？ |

とうきょう
東京の＋四季＋はどうですか。
tookyoo no　　　　　　　wa doo desuka
豆～卡悠～ 諾　　　　　　哇 都～ 爹酥卡

換個單字念念看

| 春天 | **はる**
春
haru
哈魯 | 秋天 | **あき**
秋
aki
阿克伊 |
| 夏天 | **なつ**
夏
natsu
那豬 | 冬天 | **ふゆ**
冬
fuyu
夫尤 |

例句

東京夏天很熱。	**とうきょう　なつ　あつ** 東京の夏は暑いです。 tookyoo no natsu wa atsui desu 豆～卡悠～ 諾 那豬 哇 阿豬伊 爹酥
但是冬天很冷。	**ふゆ　さむ** でも、冬は寒いです。 demo, fuyu wa samui desu 爹某, 夫尤 哇 沙母伊 爹酥
你的國家怎麼樣？	**くに** あなたの国はどうですか。 anata no kuni wa doo desuka 阿那它 諾 枯尼 哇 都～ 爹酥卡

③ 明天會下雨吧！

句型	明天會（是）○○吧！

明日は＋名詞＋でしょう。

ashita wa　　　　　　　　**deshoo**
阿西它 哇　　　　　　　　　　爹休～

換個單字念念看

雨天	雨 ame 阿妹	陰天	曇り kumori 枯某里
晴天	晴れ hare 哈累	下雪	雪 yuki 尤克伊

例句

明天會下雨吧！	明日は雨でしょう。 ashita wa ame deshoo 阿西它 哇 阿妹 爹休～
明天一整天都很溫暖吧！	明日は一日中暖かいでしょう。 ashita wa ichinichijuu atatakai deshoo 阿西它 哇 伊七尼七啾～ 阿它它卡伊 爹休～
今晚天氣不知道怎麼樣？	今晚の天気はどうでしょう。 konban no tenki wa doo deshoo 寇恩拔恩 諾 貼恩克伊 哇 都～ 爹休～

④ 東京八月天氣如何？

Track ◎ 76

句型	○○的○○如何？

地名＋の＋月＋はどうですか。
no wa doo desuka
諾　　　　　哇 都～ 爹酥卡

換個單字念念看

東京/ 8月	とうきょう はちがつ **東京 / 8月** tookyoo / hachigatsu 豆～卡悠～ / 哈七嘎豬	台北/12月	タイペイ じゅうにがつ **台北 / 12月** taipee / juunigatsu 它伊佩～ / 啾～尼嘎豬
紐約/ 9月	く がつ **ニューヨーク/9月** nyuuyooku / kugatsu 牛～悠～枯 / 枯嘎豬	北京/9月	ペ キン く がつ **北京 / 9月** pekin / kugatsu 佩克伊恩 / 枯嘎豬

問	7月到8月呢？

しちがつ　　　はちがつ
Q：7月から8月までは。
shichigatsu kara hachigatsu madewa
西七嘎豬 卡拉 哈七嘎豬 媽爹哇

答	很○○。

A：形容詞＋です。
desu
爹酥

換個單字念念看

熱	あつ **暑い** atsui 阿豬伊	涼爽	すず **涼しい** suzusii 酥茲西～

89

① 吃早餐　　　　　　　　　　Track ◎ **77**

| 句型 | 吃○○。 |

食物＋を食べ<ruby>食<rt>た</rt></ruby>ます。
o tabemasu
歐 它貝媽酥

換個單字念念看

麵包	**パン** pan 趴恩	粥	**お粥**<ruby><rt>かゆ</rt></ruby> okayu 歐卡尤
飯	**ご飯**<ruby><rt>はん</rt></ruby> gohan 勾哈恩	豆沙包	**お饅頭**<ruby><rt>まんじゅう</rt></ruby> omanjuu 歐媽恩啾～

早餐在家吃。	**朝ご飯は家で食べます。** asagohan wa ie de tabemasu 阿沙勾哈恩 哇 伊耶 爹 它貝媽酥
吃了麵包和沙拉。	**パンとサラダを食べました。** pan to sarada o tabemashita 趴恩 豆 沙拉答 歐 它貝媽西它
不吃早餐。	**朝ご飯は食べません。** asagohan wa tabemasen 阿沙勾哈恩 哇 它貝媽誰恩

② 喝飲料

Track ◎ **78**

句型	喝○○。

飲料＋を飲みます。
o nomimasu
歐 諾咪媽酥

換個單字念念看

牛奶	<ruby>牛乳<rt>ぎゅうにゅう</rt></ruby> **gyuunyuu** 克伊烏～牛～	可樂	コーラ **koora** 寇～拉
果汁	ジュース **juusu** 啾～酥	啤酒	ビール **biiru** 逼～魯

 例句

喜歡喝酒。	<ruby>お酒<rt>さけ</rt></ruby>が<ruby>好<rt>す</rt></ruby>きです。 osake ga suki desu 歐沙克耶 嘎 酥克伊 爹酥
常喝葡萄酒。	よくワインを<ruby>飲<rt>の</rt></ruby>みます。 yoku wain o nomimasu 悠枯 哇伊恩 歐 諾咪媽酥
和朋友一起喝啤酒。	<ruby>友達<rt>ともだち</rt></ruby>と<ruby>一緒<rt>いっしょ</rt></ruby>にビールを<ruby>飲<rt>の</rt></ruby>みます。 tomodachi to issho ni biiru o nomimasu 豆某答七 豆 伊～休 尼 逼～魯 歐 諾咪媽酥

❸ 做運動

| 句型 | 做○○。 |

運動＋をしますか。
o shimasuka
歐 西媽酥卡

換個單字念念看

網球	テニス tenisu 貼尼酥	高爾夫	ゴルフ gorufu 勾魯夫
游泳	すいえい 水泳 suiee 酥伊耶〜	足球	サッカー sakkaa 沙ㄟ卡〜

 例句

一星期做兩次運動。	しゅう に かい 週二回スポーツをします。 shuunikai supootsu o shimasu 咻〜尼卡伊 酥剖〜豬 歐 西媽酥
有時打保齡球。	ときどき 時々ボーリングをします。 tokidoki booringu o shimasu 豆<u>克</u>伊都<u>克</u>伊 剝〜里恩估 歐 西媽酥
常去公園散步。	こうえん さん ぽ よく公園を散歩します。 yoku kooen o sanpo shimasu 悠枯 寇〜耶恩 歐 沙恩剖 西媽酥

④ 我的假日

| 問 | 你假日做什麼？ |

Q：休みの日は何をしますか。
yasumi no hi wa nani o shimasuka
呀酥咪 諾 喝伊 哇 那尼 歐 西媽酥卡

| 答 | 看〇〇。 |

A：名詞＋を見ます。
o mimasu
歐 咪媽酥

換個單字念念看

電視	テレビ terebi 貼累逼	職業棒球	プロ野球 poroyakyuu 剖落呀卡伊烏～
電影	映画 eega 耶～嘎	小孩	子ども kodomo 寇都某

 例句

和男朋友約會。	彼氏とデートします。 kareshi to deeto shimasu 卡累西 豆 爹～豆 西媽酥
和朋友說說笑笑。	友達とワイワイやります。 tomodachi to waiwai yarimasu 豆某答七 豆 哇伊哇伊 呀里媽酥
在卡拉OK唱歌。	カラオケで歌を歌います。 karaoke de uta o utaimasu 卡拉歐克耶 爹 烏它 歐 烏它伊媽酥

❶ 我喜歡運動

Track ◎ 81

| 句型 | 喜歡〇〇。 |

運動＋が好きです。
ga suki desu
嘎 酥克伊 爹酥

換個單字念念看

籃球	バスケットボール basukettobooru 拔酥克耶〜豆剝〜魯	高爾夫	ゴルフ gorufu 勾魯夫
排球	バレーボール bareebooru 拔累〜剝〜魯	釣魚	釣り tsuri 豬里

 例句

你喜歡什麼樣的運動？	どんなスポーツが好きですか。 donna supootsu ga suki desuka 都恩那 酥剖〜豬 嘎 酥克伊 爹酥卡
常游泳。	よく水泳をします。 yoku suiee o shimasu 悠枯 酥伊耶〜 歐 西媽酥
喜歡看運動比賽。	スポーツ観戦が好きです。 supootsu kansen ga suki desu 酥剖〜豬 卡恩誰恩 嘎 酥克伊 爹酥

② 我的嗜好

| 問 | 您的興趣是什麼？ |

Q：ご趣味は何ですか。
goshumi wa nan desuka
勾咻咪 哇 那恩 爹酥卡

| 答 | ○○。 |

A：名詞＋動詞＋ことです。
koto desu
寇豆 爹酥

換個單字念念看

做／菜	**料理を／作る** ryoori o／tsukuru 溜〜里 歐／豬枯魯	看／電影	**映画を／見る** eega o／miru 耶〜嘎 歐／咪魯
練／字	**習字を／する** shuuji o／suru 咻〜基 歐／酥魯	釣／魚	**釣りを／する** tsuri o／suru 豬里 歐／酥魯

| 句型 | 很會○○呢。 |

嗜好＋が上手ですね。
ga joozu desune
嘎 久〜茲 爹酥內

換個單字念念看

唱歌	**歌** uta 烏它	游泳	**水泳** suiee 酥伊耶〜

① 我的出生日

句型 我的生日是〇〇。

私の誕生日は＋月日＋です。
watashi no tanjoobi wa **desu**
哇它西 諾 它恩久～逼 哇　　　　　　　　　　　爹酥

換個單字念念看

1月20號	**1月20日** ichigatsu hatsuka 伊七嘎豬 哈豬卡	8月8號	**8月8日** hachigatsu yooka 哈七嘎豬 悠～卡
4月24號	**4月24日** shigatsu nijuuyokka 西嘎豬 尼啾～悠～卡	12月10號	**12月10日** juunigatsu tooka 啾～尼嘎豬 豆～卡

例句

您的生日是什麼時候？	**お誕生日はいつですか。** otanjoobi wa itsu desuka 歐它恩久～逼 哇 伊豬 爹酥卡
我12月出生。	**12月生まれです。** juunigatsu umare desu 啾～尼嘎豬 烏媽累 爹酥
我屬鼠。	**ねずみ年です。** nezumi doshi desu 內茲咪 都西 爹酥

② 我的星座

Track ◎ 84

句型	我是○○。

私は＋星座＋です。
わたし

watashi wa **desu**
哇它西 哇 爹酥

換個單字念念看

水瓶座	みずがめざ **水瓶座** mizugameza 咪茲嘎妹雜	牡羊座	お ひつじ ざ **牡羊座** ohitsujiza 歐喝伊豬基雜
獅子座	し し しざ **獅子座** shishiza 西西雜	金牛座	おう しざ **牡牛座** oushiza 歐烏～西雜

句型	○○是什麼樣的個性？

星座＋はどんな性格ですか。
せいかく

wa donna seekaku desuka
哇 都恩那 誰～卡枯 爹酥卡

換個單字念念看

雙子座	ふた ご ざ **双子座** futagoza 夫它勾雜	雙魚座	うお ざ **魚座** uoza 烏歐雜
巨蟹座	かに ざ **蟹座** kaniza 卡尼雜	處女座	おと め ざ **乙女座** otomeza 歐豆妹雜

③ 從星座看個性　　　　　Track ◎ 85

獅子座（的人）很活潑。	しし ざ　　　ひと　　　あか 獅子座(の人)は明るいです。 shishiza(nohito)wa akarui desu 西西雜（諾喝伊豆）哇 阿卡魯伊 爹酥
很多天秤座都當女演員。	てんびん ざ　　じょゆう　　おお 天秤座は女優が多いです。 tenbinza wa joyuu ga ooi desu 貼恩逼恩雜 哇 久尤～ 嘎 歐～伊 爹酥
雙魚座很有藝術天份。	うお ざ　　　げいじゅつてきさいのう 魚座は芸術的才能があります。 uoza wa geejutsuteki sainoo ga arimasu 烏歐雜 哇 給～啾豬貼克伊 沙伊諾～ 嘎 阿里媽酥
魔羯座不缺錢。	や ぎ ざ　　　かね　　こま 山羊座はお金に困らないです。 yagiza wa okane ni komaranai desu 呀哥伊雜 哇 歐卡內 尼 寇媽拉那伊 爹酥
從星座來看兩個人很適合喔。	せい ざ　　　　み　　　　ふたり　　あ 星座から見ると二人は合いますよ。 seeza kara miru to futari wa aimasuyo 誰～雜 卡拉 咪魯 豆 夫它里 哇 阿伊媽酥悠

馬上用得到的單字

完美主義	かんぺきしゅ ぎ 完璧主義 kanpekishugi 卡恩佩克伊咻哥伊	誠實	せいじつ 誠実 seejitsu 誰～基豬
勤勞	きんべん 勤勉 kinben 克伊恩貝恩	悠閒	のんびり nonbiri 諾恩逼里

① 我想當歌手

Track ◎ **86**

句型	我想當○○。

しょうらい
将来＋名詞＋になりたいです。
shoorai   **ni naritai desu**
休～拉伊   尼 那里它伊 爹酥

換個單字念念看

歌手	か しゅ **歌手** kashu 卡咻	老師	せんせい **先生** sensee 誰恩誰～
醫生	い しゃ **医者** isha 伊蝦	護士	かん ご ふ **看護婦** kangofu 卡恩勾夫

以後想做什麼？	しょうらい　なに **将来、何になりたいですか。** shoorai, nani ni naritai desuka 休～拉伊, 那尼 尼 那里它伊 爹酥卡
為什麼？	**どうしてですか。** dooshite desuka 都～西貼 爹酥卡
因為喜歡唱歌。	うた　す **歌が好きだからです。** uta ga suki dakara desu 烏它 嘎 酥克伊 答卡拉 爹酥

右側邊欄：

② 現在最想要的

Track ◎ **87**

問	現在最想要什麼？

Q：今、何が欲しいですか。

いま、なに ほ

ima, nani ga hoshii desuka

伊媽, 那尼 嘎 后西～ 爹酥卡

答	想要○○。

A：名詞＋が欲しいです。

ほ

ga hoshii desu

嘎 后西～ 爹酥

換個單字念念看

車	車 くるま kuruma 枯魯媽	時間	時間 じかん jikan 基卡恩
情人	恋人 こいびと koibito 寇伊逼豆	錢	お金 かね okane 歐卡內

 例句

為什麼想要錢？	なぜ、お金が欲しいですか。 かね ほ naze, okane ga hoshii desuka 那賊, 歐卡內 嘎 后西～ 爹酥卡
因為想再進修。	もっと勉強したいからです。 べんきょう motto benkyoo shitai kara desu 某ㄟ豆 貝恩卡悠～ 西它伊 卡拉 爹酥
因為想旅行。	旅行したいからです。 りょこう ryokoo shitai kara desu 溜寇～ 西它伊 卡拉 爹酥

❸ 將來想住的家

Track ◎ 88

問	將來想住什麼樣的房子？

Q：将来、どんな家に住みたいですか。
しょうらい　　　　　　いえ　　す
shoorai,　donna ie ni sumitai desuka
休～拉伊,　都恩那 伊耶 尼 酥咪它伊 爹酥卡

答	想住在〇〇。

A：名詞＋に住みたいです。
す
ni sumitaidesu
尼 酥咪它伊爹酥

換個單字念念看

很大的房子	大きな家 おお　　いえ ookina ie 歐～克伊那 伊耶	別墅	別荘 べっそう bessoo 貝へ捜～
高級公寓	マンション manshon 媽恩休恩	透天厝	一戸建て いっこ　だ ikkodate 伊へ寇答貼

問	想住什麼樣的城鎮？

Q：どんな町に住みたいですか。
まち　　す
donna machi ni sumitai desuka
都恩那 媽七 尼 酥咪它伊 爹酥卡

答	想住在〇〇城鎮。

A：形容詞＋町に住みたいです。
まち　　す
machi ni sumitai desu
媽七 尼 酥咪它伊 爹酥

換個單字念念看

熱鬧的	にぎやかな nigiyakana 尼哥伊呀卡那	很多綠地的	緑の多い みどり　　おお midori no ooi 咪都里 諾 歐～伊

MEMO

Step 4 ○ 先練習一下   ○ 再跟日本人聊天

Step 5
旅遊日語

中文拼音小貼士！

1 2個以上的中文拼音，下面有＿＿（底線）時，記得要把底線上的字，全部合起來唸成1個音。例如：**きく**（聽）要唸成「**克伊枯**」喔！

2 中文拼音之中，如果看到「**ヘ**」的符號，表示這裡要憋氣停一下。例如：**まって**（等一下）要唸成「**媽ヘ貼**」喔！

3 中文拼音之中，如果看到「**～**」的符號，表示這一個音，要拉長唸成2拍喔！常出現的組合如下。例如：**おかあさん**（媽媽）要唸成「**歐卡～沙恩**」喔！

memo

① 在機內

句型　○○在哪裡？

名詞＋はどこですか。

wa doko desuka

哇 都寇 爹酥卡

換個單字念念看

我的座位	わたし　せき **私の席** **watashi no seki** 哇它西 諾 誰克伊	洗手間	**トイレ** **toire** 豆伊累

例句

行李放不進去。	に もつ　はい **荷物が入りません。** nimotsu ga hairimasen 尼某豬 嘎 哈伊里媽誰恩
請借我過。	と お **通してください。** tooshite kudasai 豆〜西貼 枯答沙伊
希望能換座位。	せき　か **席を替えてほしいです。** seki o kaete hoshii desu 誰克伊 歐 卡耶貼 后西〜 爹酥
可以將椅背倒下嗎？	せき　たお **席を倒してもいいですか。** seki o taoshitemo ii desuka 誰克伊 歐 它歐西貼某 伊〜 爹酥卡

② 機內服務（一）　　　　Track ◎ **90**

句型　請給我○○。

名詞＋をください。
o kudasai
歐 枯答沙伊

換個單字念念看

牛肉	ビーフ biifu 逼～夫	毛毯	もうふ 毛布 moofu 某～夫
雞肉	チキン chikin 七克伊恩	枕頭	まくら 枕 makura 媽枯拉
水	みず 水 mizu 咪茲	入境卡	にゅうこく 入国カード nyuukoku kaado 牛～寇枯 卡～都

句型　有○○嗎？

名詞＋はありますか。
wa arimasuka
哇 阿里媽酥卡

換個單字念念看

日本報紙	にほん しんぶん 日本の新聞 nihon no shinbun 尼后恩 諾 西恩布恩	暈車藥	よ ど ぐすり 酔い止め薬 yoidome gusuri 悠伊都妹 估酥里

③ 機內服務（二）

Track ◎ 91

請再給我一杯。	もう一杯 いっぱい ください。 moo ippai kudasai 某〜 伊〜趴伊 枯答沙伊
是免費嗎？	無料 む りょう ですか。 muryoo desuka 母溜〜 爹酥卡
身體不舒服嗎？	気分 き ぶん が悪 わる いですか。 kibun ga warui desuka 克伊布恩 嘎 哇魯伊 爹酥卡
什麼時候到達？	いつ着 つ きますか。 itsu tsukimasuka 伊豬 豬克伊媽酥卡
再20分鐘。	あと20分 にじゅっぷん です。 ato nijuppun desu 阿豆 尼啾〜撲恩 爹酥

馬上用得到的單字

雜誌	雑誌 ざっ し zasshi 雜〜西	香煙	タバコ tabako 它拔寇
耳機	ヘッドホン heddohon 黑〜都后恩	葡萄酒	ワイン wain 哇伊恩

④ 通關（一）　　　Track ◎ 92

問	旅行目的為何？

りょこう　　もくてき　なん
Q：旅行の目的は何ですか。
ryokoo no mokuteki wa nan desuka
溜寇～ 諾 某枯貼克伊 哇 那恩爹酥卡

答	是○○。

A：名詞＋です。
desu
爹酥

換個單字念念看

觀光	かんこう **観光** kankoo 卡恩寇～	工作	し ごと **仕事** shigoto 西勾豆
留學	りゅうがく **留学** ryuugaku 里伊烏～嘎枯	會議	かい ぎ **会議** kaigi 卡伊哥伊

從事什麼職業？	しょくぎょう　なん **職業は何ですか。** shokugyoo wa nan desuka 休枯克悠～ 哇 那恩 爹酥卡
學生	がくせい **学生です。** gakusee desu 嘎枯誰～ 爹酥
上班族	**サラリーマンです。** sarariiman desu 沙拉里～媽恩 爹酥
粉領族	オーエル **OLです。** ooeru desu 歐～耶魯 爹酥

⑤ 通關（二）

| 問 | 要住在哪裡？ |

たいざい
Q：どこに滞在しますか。
doko ni taizai shimasuka
都寇 尼 它伊雜伊 西媽酥卡

| 答 | ○○。 |

A：名詞＋です。
desu
爹酥

換個單字念念看

| ABC飯店 | エービーシー
ＡＢＣホテル
eebiishii hoteru
耶～逼～西～ 后貼魯 | 朋友家 | ゆうじん　　いえ
友人の家
yuujin no ie
尤～基恩 諾 伊耶 |

| 問 | 要待幾天？ |

なんにちたいざい
Q：何日滞在しますか。
nannichi taizai shimasuka
那恩尼七 它伊雜伊 西媽酥卡

| 答 | ○○。 |

A：期間＋です。
desu
爹酥

換個單字念念看

| 五天 | いつ か かん
五日間
itsukakan
伊豬卡卡恩 | 兩星期 | に しゅうかん
二週間
nishuukan
尼咻～卡恩 |
| 一星期 | いっしゅうかん
一週間
isshuukan
伊ㄟ咻～卡恩 | 一個月 | いっ か げつ
一ヶ月
ikkagetsu
伊ㄟ卡給豬 |

⑥ 通關（三）

句型 請幫我○○。

動詞＋ください。
kudasai
枯答沙伊

換個單字念念看

開	あ 開けて akete 阿克耶貼	等	ま 待って matte 媽ㄟ貼
讓我看	み 見せて misete 咪誰貼	說	い 言って itte 伊ㄟ貼

問 這是什麼？

Q：これは何ですか。
なん
kore wa nan desuka
寇累 哇 那恩 爹酥卡

答 ○○跟○○。

A：名詞＋と＋名詞＋です。
to　　　　　　　　desu
豆　　　　　　　　爹酥

換個單字念念看

日常用品/名產	にちじょうひん みやげ 日常品 / お土産 nichijoohin / omiyage 尼七久～喝伊恩 / 歐咪呀給	衣服/香煙	ようふく 洋服 / タバコ yoofuku / tabako 悠～夫枯 / 它拔寇

⑦ 出國（買機票） Track ◎ **95**

| 句型 | 請到○○。 |

場所＋までお願いします。
made onegai shimasu
媽爹 歐內嘎伊 西媽酥

換個單字念念看

台北	タイペイ **台北** taipee 它伊佩～	香港	ホンコン **香港** honkon 后恩寇恩
日本	に ほん **日本** nihon 尼后恩	北京	ペ キン **北京** pekin 佩克伊恩

 例句

日本航空櫃檯在哪裡？	に ほんこうくう **日本航空のカウンターはどこですか。** nihonkookuu no kauntaa wa doko desuka 尼后恩寇～枯～ 諾 卡烏恩它～ 哇 都寇 爹酥卡
我要辦登機手續。	**チェックインします。** chekkuin shimasu 切～枯伊恩 西媽酥
有靠窗的座位嗎？	まどがわ　せき **窓側の席はありますか。** madogawa no seki wa arimasuka 媽都嘎哇 諾 誰克伊 哇 阿里媽酥卡

⑧ 換錢

| 句型 | 請○○。 |

名詞＋してください。
shite kudasai
西貼 枯答沙伊

換個單字念念看

| 兌幣 | りょうがえ
両替
ryoogae
溜〜嘎耶 | 簽名 | **サイン**
sain
沙伊恩 |

例句

換成日圓。	に ほんえん **日本円に。** nihonen ni 尼后恩耶恩 尼
請換成五萬日圓。	ご まんえん　りょうがえ **５万円に両替してください。** gomanen ni ryoogaeshite kudasai 勾媽恩耶恩 尼 溜〜嘎耶西貼 枯答沙伊
也請給我一些零鈔。	こ ぜに　ま **小銭も混ぜてください。** kozeni mo mazete kudasai 寇賊尼 某 媽賊貼 枯答沙伊
請讓我看一下護照。	み **パスポートを見せてください。** pasupooto o misete kudasai 趴酥剖〜豆 歐 咪誰貼 枯答沙伊

⑨ 打電話

給我一張電話卡。	テレホンカード一枚_{いちまい}ください。 terehonkaado ichimai kudasai 貼累后恩卡～都 伊七媽伊 枯答沙伊
喂，我是台灣小李。	もしもし、台湾_{タイワン}の李_{リー}です。 moshi moshi, taiwan no rii desu 某西 某西, 它伊哇恩 諾 里～ 爹酥
陽子小姐在嗎？	陽子_{ようこ}さんはいらっしゃいますか。 yookosan wa irasshaimasuka 悠～寇沙恩 哇 伊拉～蝦伊媽酥卡
我剛到日本。	ただいま、日本_{にほん}に着_つきました。 tadaima, nihon ni tsukimashita 它答伊媽, 尼后恩 尼 豬克伊媽西它
那麼就在新宿車站見面吧。	では、新宿駅_{しんじゅくえき}で会_あいましょう。 dewa, shinjukueki de aimashoo 爹哇, 西恩啾枯耶克伊 爹 阿伊媽休～

馬上用得到的單字

打電話	電話_{でんわ}する denwasuru 爹恩哇酥魯	外出中	外出中_{がいしゅつちゅう} gaishutsuchuu 嘎伊咻豬七烏～
留言	メッセージ messeeji 妹～誰～基	不在家	留守_{るす} rusu 魯酥

⑩ 郵局

| 句型 | 麻煩寄〇〇。 |

名詞＋でお<ruby>願<rt>ねが</rt></ruby>いします。
de onegai shimasu
爹 歐內嘎伊 西媽酥

換個單字念念看

| 空運 | <ruby>航空便<rt>こうくうびん</rt></ruby>
航空便
kookuubin
寇～枯～逼恩 | 掛號 | <ruby>書留<rt>かきとめ</rt></ruby>
書留
kakitome
卡克伊豆妹 |
| 船運 | <ruby>船便<rt>ふなびん</rt></ruby>
船便
funabin
夫那逼恩 | 包裏 | <ruby>小包<rt>こづつみ</rt></ruby>
小包
kozutsumi
寇茲豬咪 |

例句

費用多少？	<ruby>料金<rt>りょうきん</rt></ruby>はいくらですか。 ryookin wa ikura desuka 溜～克伊恩 哇 伊枯拉 爹酥卡
麻煩寄到台灣。	<ruby>台湾<rt>タイワン</rt></ruby>までお<ruby>願<rt>ねが</rt></ruby>いします。 taiwan made onegai shimasu 它伊哇恩 媽爹 歐內嘎伊 西媽酥
請給我明信片10張。	はがきを10<ruby>枚<rt>じゅうまい</rt></ruby>ください。 hagaki o juumai kudasai 哈嘎克伊 歐 啾～媽伊 枯答沙伊

⑪ 在機場預約飯店

Track ◎ 99

句型	○○多少錢？

名詞＋いくらですか。
ikura desuka
伊枯拉 爹酥卡

換個單字念念看

一晚	いっぱく **一泊** ippaku 伊〜趴枯	雙人房 （兩張單人床）	**ツインで** tsuin de 豬伊恩 爹
一個人	ひとり **一人** hitori 喝伊豆里	雙人房 （一張雙人床）	**ダブルで** daburu de 答布魯 爹

 例句

我想預約。	よやく **予約したいです。** yoyakushitai desu 悠呀枯西它伊 爹酥
有附早餐嗎？	ちょうしょく **朝食はつきますか。** chooshoku wa tsukimasuka 秋〜休枯 哇 豬克伊媽酥卡
那樣就可以了。	ねが **それでお願いします。** sorede onegai shimasu 搜累爹 歐內嘎伊 西媽酥

⑫ 坐機場巴士 Track ◎ 100

有去ABC飯店嗎？	エービーシー ＡＢＣホテルへ行きますか。 eebiishii hoteru e ikimasuka 耶～逼～西～ 后貼魯 耶 伊克伊媽酥卡
下一班巴士幾點？	次のバスは何時ですか。 tsugi no basu wa nanji desuka 豬哥伊 諾 拔酥 哇 那恩基 爹酥卡
給我一張到新宿的票。	新宿まで一枚ください。 shinjuku made ichimai kudasai 西恩啾枯 媽爹 伊七媽伊 枯答沙伊
請往右側出口出去。	右側の出口に出てください。 migigawa no deguchi ni dete kudasai 咪哥伊嘎哇 諾 爹估七 尼 爹貼 枯答沙伊
請在3號乘車處上車。	3番乗り場で乗車してください。 sanban noriba de jooshashite kudasai 沙恩拔恩 諾里拔 爹 久～蝦西貼 枯答沙伊

馬上用得到的單字

（車）票	切符 kippu 克伊～撲	機場巴士	リムジンバス rimujinbasu 里母基恩拔酥
販售處	売り場 uriba 烏里拔	乘車處	乗り場 noriba 諾里拔

115

① 在櫃臺

Track ◎ 101

| 句型 | 麻煩○○。 |

名詞＋をお願いします。
o onegai shimasu
歐 歐內嘎伊 西媽酥

換個單字念念看

| 住宿登記 | **チェックイン**
chekkuin
切ㄟ枯伊恩 | 行李 | **荷物**
nimotsu
尼某豬 |

 例句

有預約。	**予約してあります。** yoyakushite arimasu 悠呀枯西貼 阿里媽酥
沒預約。	**予約してありません。** yoyakushite arimasen 悠呀枯西貼 阿里媽誰恩
幾點退房？	**チェックアウトは何時ですか。** chekkuauto wa nanji desuka 切ㄟ枯阿烏豆 哇 那恩基 爹酥卡
麻煩我要刷卡。	**カードでお願いします。** kaado de onegai shimasu 卡～都 爹 歐內嘎伊 西媽酥

② 住宿中的對話　　　　　　Track ◎ 102

| 句型 | 請○○。 |

名詞＋動詞＋ください。
kudasai
枯答沙伊

換個單字念念看

更換 / 房間	部屋を / 変えて heya o / kaete 黑呀 歐 / 卡耶貼	搬運 / 行李	荷物を / 運んで nimotsu o / hakonde 尼某豬 歐 / 哈寇恩爹
借我 / 熨斗	アイロンを/貸して airon o / kashite 阿伊落恩 歐 / 卡西貼	告訴我 / 地方	場所を / 教えて basho o / oshiete 拔休 歐 / 歐西耶貼

 例句

請打掃房間。	部屋を掃除してください。 heya o soojishite kudasai 黑呀 歐 搜〜基西貼 枯答沙伊
請再給我一條毛巾。	タオルをもう一枚ください。 taoru o moo ichimai kudasai 它歐魯 歐 某〜 伊七媽伊 枯答沙伊
鑰匙不見了。	鍵をなくしました。 kagi o nakushimashita 卡哥伊 歐 那枯西媽西它

③ 客房服務

100號客房。	**100号室です。** hyaku gooshitsu desu 喝呀枯 勾～西豬 爹酥
我要客房服務。	**ルームサービスをお願いします。** ruumusaabisu o onegai shimasu 魯～母沙～逼酥 歐 歐內嘎伊 西媽酥
給我一客披薩。	**ピザを一つください。** piza o hitotsu kudasai 披雜 歐 喝伊豆豬 枯答沙伊
我要送洗。	**洗濯物をお願いします。** sentakumono o onegai shimasu 誰恩它枯某諾 歐 歐內嘎伊 西媽酥
早上6點請叫醒我。	**朝6時にモーニングコールをお願いします。** asa rokuji ni mooningukooru o onegai shimasu 阿沙 落枯基 尼 某～尼恩估寇～魯 歐 歐內嘎伊 西媽酥

馬上用得到的單字

床單	**シーツ** shiitsu 西～豬	棉被	**布団** futon 夫豆恩
枕頭	**枕** makura 媽枯拉	衛生紙	**トイレットペーパー** toirettopeepaa 豆伊累～豆佩～趴～

④ 退房   Track ◎ 104

我要退房。	チェックアウトします。 chekkuauto shimasu 切〜枯阿烏豆 西媽酥
這是什麼？	これは何^{なん}ですか。 kore wa nan desuka 寇累 哇 那恩 爹酥卡
沒有使用迷你吧。	ミニバーは利用^{りよう}していません。 minibaa wa riyooshite imasen 咪尼拔〜 哇 里悠〜西貼 伊媽誰恩
請給我收據。	領収書^{りょうしゅうしょ}をください。 ryooshuusho o kudasai 溜〜咻〜休 歐 枯答沙伊
多謝關照。	お世話^{せわ}になりました。 osewa ni narimashita 歐誰哇 尼 那里媽西它

馬上用得到的單字

冰箱	冷蔵庫^{れいぞうこ} reezooko 累〜宙〜寇	税金	税金^{ぜいきん} zeekin 賊〜克伊恩
明細	明細^{めいさい} meesai 妹〜沙伊	服務費	サービス料^{りょう} saabisuryoo 沙〜逼酥溜〜

119

①逛商店街　　　　　　　　　　　Track ◎ 105

| 句型 | ○○多少錢？ |

名詞＋數量＋いくらですか。
ikura desuka
伊枯拉　爹酥卡

換個單字念念看

| 這個/
一個 | これ／一<ruby>つ<rt>ひと</rt></ruby>
kore / hitotsu
寇累／喝伊豆豬 | 蘋果/
一堆 | りんご／一<ruby>山<rt>ひとやま</rt></ruby>
ringo / hitoyama
里恩勾／喝伊豆呀媽 |

 例句

歡迎光臨。	いらっしゃいませ。 irasshai mase 伊拉ㄟ　蝦伊　媽誰
可以試吃嗎？	<ruby>試食<rt>し しょく</rt></ruby>してもいいですか。 shishokushitemo ii desuka 西休枯西貼某　伊～　爹酥卡
這個請給我一盒。	これをワンパックください。 kore o wanpakku kudasai 寇累　歐　哇恩趴ㄟ枯　枯答沙伊
算我便宜一點嘛。	まけてくださいよ。 makete kudasaiyo 媽克耶貼　枯答沙伊悠

② 在速食店　　　　　　Track ◎ 106

句型	給我○○。

名詞＋數量＋ください。
kudasai
枯答沙伊

換個單字念念看

漢堡／兩個	ハンバーガー/二つ hanbaagaa / futatsu 哈恩拔～嘎～ / 夫它豬
蕃茄醬／一個	ケチャップ /一つ kecchappu / hitotsu 克耶洽へ撲 / 喝伊豆豬
可樂／三杯	コーラ / 三つ koora / mittsu 寇～拉 / 咪へ豬
薯條／四包	フライポテト/四つ furaipoteto / yottsu 夫拉伊剖貼豆 / 悠へ豬

例句

我可樂要中杯。	コーラはMです。 koora wa emu desu 寇～拉 哇 耶母 爹酥
在這裡吃。	ここで食べます。 koko de tabemasu 寇寇 爹 它貝媽酥
外帶。	テイクアウトします。 teekuauto shimasu 貼～枯阿烏豆 西媽酥

❸ 在便利商店

Track ◎ **107**

便當要加熱嗎？	お弁当を温めますか。 obentoo o atatamemasuka 歐貝恩豆～歐 阿它它妹媽酥卡
幫我加熱。	温めてください。 atatamete kudasai 阿它它妹貼 枯答沙伊
需要筷子嗎？	お箸は要りますか。 ohashi wa irimasuka 歐哈西 哇 伊里媽酥卡
收您一千日圓。	千円からお預かりします。 senen kara oazukari shimasu 誰恩耶恩 卡拉 歐阿茲卡里 西媽酥
找您兩百日圓。	２百円のおつりです。 nihyakuen no otsuri desu 尼喝呀枯耶恩 諾 歐豬里 爹酥

馬上用得到的單字

便利商店	コンビニ konbini 寇恩逼尼	果汁	ジュース juusu 啾～酥
收銀台	レジ reji 累基	袋子	袋 fukuro 夫枯落

④ 找餐廳

Track ◎ 108

| 句型 | 附近有○○嗎？ |

ちか
近くに＋形容詞＋商店＋はありますか。
chikaku ni　　　　　　　　　wa arimasuka
七卡枯 尼　　　　　　　　　哇 阿里媽酥卡

換個單字念念看

好吃的 / 餐廳	おいしい/レストラン oishii / resutoran 歐伊西～ / 累酥豆拉恩	不錯的 / 壽司店	いい / 寿司屋 ii / sushiya 伊～ / 酥西呀
便宜的 / 拉麵店	安い/ラーメン屋 yasui / raamenya 呀酥伊 / 拉～妹恩呀	有趣的 / 商店	面白い / 店 omoshiroi / mise 歐某西落伊 / 咪誰

例句

價錢多少？	値段はどれくらいですか。 nedan wa dorekurai desuka 內答恩 哇 都累枯拉伊 爹酥卡
好吃嗎？	おいしいですか。 oishii desuka 歐伊西～ 爹酥卡
地方在哪裡？	場所はどこですか。 basho wa doko desuka 拔休 哇 都寇 爹酥卡

Step 1 假名與發音
Step 2 寒暄一下
Step 3 基本句型
Step 4 說說自己
Step 5 旅遊日語

❺ 打電話預約

句型	○○。

時間＋數量＋です。
desu
爹酥

換個單字念念看

今晚 7點/ 兩人	こんばんしちじ　ふたり **今晩7時／二人** konban shichiji / futari 寇恩拔恩 西七基／夫它里	明晚 8點/ 四人	あした　よるはちじ　よにん **明日の夜8時／四人** ashita no yoru hachiji / yonin 阿西它 諾 悠魯 哈七基／悠尼恩

例句

我姓李。	リー　もう **李と申します。** rii to mooshimasu 里〜 豆 某〜西媽酥
套餐多少錢？	**コースはいくらですか。** koosu wa ikura desuka 寇〜酥 哇 伊枯拉 爹酥卡
請給我靠窗的座位。	まどがわ　せき　ねが **窓側の席をお願いします。** madogawa no seki o onegai shimasu 媽都嘎哇 諾 誰克伊 歐 歐內嘎伊 西媽酥
請傳真地圖給我。	ちず **地図をファックスしてください。** chizu o fakkusu shite kudasai 七茲歐 發へ枯酥 西貼 枯答沙伊

⑥ 進入餐廳

Track ◎ 110

我姓李。預約7點。	李です。7時に予約してあります。 ril desu, shichiji ni yoyakushite arimasu 里～ 爹酥, 西七基 尼 悠呀枯西貼 阿里媽酥
四人。	四人です。 yonin desu 悠尼恩 爹酥
有非吸煙區嗎？	禁煙席はありますか。 kinenseki wa arimasuka 克伊恩耶恩誰克伊 哇 阿里媽酥卡
沒有預約。	予約してありません。 yoyakushite arimasen 悠呀枯西貼 阿里媽誰恩
要等多久？	どれくらい待ちますか。 dorekurai machimasuka 都累枯拉伊 媽七媽酥卡

馬上用得到的單字

吸煙區	喫煙席 kitsuenseki 克伊豬耶恩誰克伊	客滿	満員 manin 媽恩伊恩
包廂	個室 koshitsu 寇西豬	有位子	空く aku 阿枯

⑦ 點餐

Track ◎ **111**

請給我菜單。	メニューを<ruby>見<rt>み</rt></ruby>せてください。 menyuu o misete kudasai 妹牛～ 歐 咪誰貼 枯答沙伊
我要點菜。	<ruby>注文<rt>ちゅうもん</rt></ruby>を<ruby>お願<rt>ねが</rt></ruby>いします。 chuumon o onegai shimasu 七烏～某恩 歐 歐內嘎伊 西媽酥
招牌菜是什麼？	<ruby>お勧<rt>すす</rt></ruby>め<ruby>料理<rt>りょうり</rt></ruby>は<ruby>何<rt>なん</rt></ruby>ですか。 osusumeryoori wa nan desuka 歐酥酥妹溜～里 哇 那恩 爹酥卡

句型　我要○○。

料理＋にします。
ni shimasu
尼 西媽酥

換個單字念念看

天婦羅 套餐	<ruby>天<rt>てん</rt></ruby>ぷら<ruby>定食<rt>ていしょく</rt></ruby> tenpura teeshoku 貼恩撲拉 貼～休枯	A套餐	<ruby>A<rt>エー</rt></ruby>コース ee koosu 耶～ 寇～酥
梅花套餐	<ruby>梅定食<rt>うめていしょく</rt></ruby> ume teeshoku 烏妹 貼～休枯	那個	それ sore 搜累

⑧ 點飲料

Track ◎ 112

Step
1
假名與發音

Step
2
寒暄一下

Step
3
基本句型

Step
4
說說自己

Step
5
旅遊日語

| 問 | 飲料呢？ |

Q：お飲み物は。
onomimono wa
歐諾咪某諾 哇

| 答 | 給我○○。 |

A：飲料＋を＋數量＋ください。
o 　　　　　　　　**kudasai**
歐 　　　　　　　　枯答沙伊

換個單字念念看

| 啤酒 /
兩杯 | ビール / 二つ
biiru / futatsu
逼〜魯 夫它豬 | 咖啡 /
三杯 | コーヒー / 三つ
koohii / mittsu
寇〜喝伊〜 / 咪〜豬 |
| 果汁 /
一杯 | ジュース / 一つ
juusu / hitotsu
啾〜酥 / 喝伊豆豬 | 紅茶 /
一杯 | 紅茶 / 一つ
koocha / hitotsu
寇〜洽 / 喝伊豆豬 |

例句

| 飲料要飯前還是飯後送？ | お飲み物は食前ですか、食後ですか。
onomimono wa shokuzen desuka, shokugo desuka
歐諾咪某諾 哇 休枯賊恩 爹酥卡, 休枯勾 爹酥卡 |
| 請飯後再上。 | 食後にお願いします。
shokugo ni onegai shimasu
休枯勾 尼 歐內嘎伊 西媽酥 |

❾ 進餐後付款

麻煩結帳。	**お勘定_{かんじょう}をお願_{ねが}いします。** okanjoo o onegai shimasu 歐卡恩久～ 歐 歐內嘎伊 西媽酥
請分開結帳。	**別々_{べつべつ}でお願_{ねが}いします。** betsubetsu de onegai shimasu 貝豬貝豬 爹 歐內嘎伊 西媽酥
請一次付清。	**一括_{いっかつ}でお願_{ねが}いします。** ikkatsu de onegai shimasu 伊ㄟ卡豬 爹 歐內嘎伊 西媽酥
我要刷卡。	**カードでお願_{ねが}いします。** kaado de onegai shimasu 卡～都 爹 歐內嘎伊 西媽酥
謝謝您的招待。	**ご馳走様_{ち そうさま}でした。** gochisoosama deshita 勾七搜～沙媽 爹西它

馬上用得到的單字

點菜	**注文_{ちゅうもん}** chuumon 七烏～某恩	現金	**現金_{げんきん}** genkin 給恩克伊恩
費用	**費用_{ひ よう}** hiyoo 喝伊悠～	付錢	**払_{はら}う** harau 哈拉烏

① 坐電車

Track ◎ **114**

句型 我想到○○。

場所＋まで行き<ruby>行<rt>い</rt></ruby>たいです。

made ikitai desu

媽爹 伊克伊它伊 爹酥

換個單字念念看

澀谷車站	<ruby>渋谷駅<rt>しぶ や えき</rt></ruby> shibuya eki 西布呀 耶克伊	原宿車站	<ruby>原宿駅<rt>はらじゅくえき</rt></ruby> harajuku eki 哈拉啾枯 耶克伊

 **例句**

下一班電車幾點到？	<ruby>次<rt>つぎ</rt></ruby>の<ruby>電車<rt>でんしゃ</rt></ruby>は<ruby>何時<rt>なん じ</rt></ruby>ですか。 tsugi no densha wa nanji desuka 豬哥伊 諾 爹恩蝦 哇 那恩基 爹酥卡
會停秋葉原車站嗎？	<ruby>秋葉原駅<rt>あき は ばらえき</rt></ruby>にとまりますか。 akihabara eki ni tomarimasuka 阿克伊哈拔拉 耶克伊 尼 豆媽里媽酥卡
在品川車站換車嗎？	<ruby>品川駅<rt>しながわえき</rt></ruby>で<ruby>乗<rt>の</rt></ruby>り<ruby>換<rt>か</rt></ruby>えますか。 shinagawa eki de norikaemasuka 西那嘎哇 耶克伊 爹 諾里卡耶媽酥卡
下一站哪裡？	<ruby>次<rt>つぎ</rt></ruby>の<ruby>駅<rt>えき</rt></ruby>はどこですか。 tsugi no eki wa doko desuka 豬哥伊 諾 耶克伊 哇 都寇 爹酥卡

② 坐公車

Track ◎ **115**

公車站在哪裡？	バス停はどこですか。 basutee wa doko desuka 拔酥貼～ 哇 都寇 爹酥卡
這台公車有到東京車站嗎？	このバスは東京駅へ行きますか。 kono basu wa tookyoo eki e ikimasuka 寇諾 拔酥 哇 豆～卡悠～ 耶克伊 耶 伊克伊媽酥卡
幾號公車能到？	何番のバスが行きますか。 nanban no basu ga ikimasuka 那恩拔恩 諾 拔酥 嘎 伊克伊媽酥卡
東京車站在第幾站？	東京駅はいくつ目ですか。 tookyoo eki wa ikutume desuka 豆～卡悠～ 耶克伊 哇 伊枯豬妹 爹酥卡
到了請告訴我。	着いたら教えてください。 tsuitara oshiete kudasai 豬伊它拉 歐西耶貼 枯答沙伊

馬上用得到的單字

路線圖	路線図 rosenzu 落誰恩茲	乘車券	乗車券 jooshaken 久～蝦克耶恩
往	行き iki 伊克伊	門	ドア doa 都阿

③ 坐計程車

Track ◎ **116**

Step **1** 假名與發音

Step **2** 寒暄一下

Step **3** 基本句型

Step **4** 說說自己

Step **5** 旅遊日語

句型　請到○○。

場所＋までお<ruby>願<rt>ねが</rt></ruby>いします。
made onegai shimasu
媽爹 歐內嘎伊 西媽酥

換個單字念念看

王子飯店	**プリンスホテル** purinsu hoteru 撲里恩酥 后貼魯
上野車站	<ruby>上<rt>うえ</rt></ruby><ruby>野<rt>の</rt></ruby><ruby>駅<rt>えき</rt></ruby> **上野駅** ueno eki 烏耶諾 耶克伊

例句

這裡(拿紙給對方看)。	**ここ（<ruby>紙<rt>かみ</rt></ruby>を<ruby>見<rt>み</rt></ruby>せる）。** koko (kami o miseru) 寇寇（卡咪 歐 咪誰魯）
到那裡要花多少時間？	**そこまでどれくらいかかりますか。** soko made dorekurai kakarimasuka 搜寇 媽爹 都累枯拉伊 卡卡里媽酥卡
請右轉。	**<ruby>右<rt>みぎ</rt></ruby>に<ruby>曲<rt>ま</rt></ruby>がってください。** migi ni magatte kudasai 咪哥伊 尼 媽嘎〜貼 枯答沙伊
這裡就可以了。	**ここでいいです。** koko de iidesu 寇寇 爹 伊〜爹酥

④ 租車子

我想租車。	くるま か **車を借りたいです。** kuruma o karitai desu 枯魯媽 歐 卡里它伊 爹酥
押金多少錢？	ほ しょうきん **保証金はいくらですか。** hoshookin wa ikura desuka 后休～克伊恩 哇 伊枯拉 爹酥卡
有附保險嗎？	ほ けん **保険はついていますか。** hoken wa tsuite imasuka 后克耶恩 哇 豬伊貼 伊媽酥卡
車子故障了。	くるま こ しょう **車が故障しました。** kuruma ga koshoo shimashita 枯魯媽 嘎 寇休～ 西媽西它
這台車還你。	くるま かえ **この車を返します。** kono kuruma o kaeshimasu 寇諾 枯魯媽 歐 卡耶西媽酥

馬上用得到的單字

租車	**レンタカー** rentakaa 累恩它卡～	契約書	けいやくしょ **契約書** keeyakusho 客～呀枯休
國際駕駛執照	こくさいうんてんめんきょしょう **国際運転免許証** kokusaiunten menkyoshoo 寇枯沙伊烏恩貼恩 妹恩卡悠休～	爆胎	**パンク** panku 趴恩枯

⑤ 迷路了

上野車站在哪裡？	**上野駅はどこですか。** ueno eki wa doko desuka 烏耶諾 耶克伊 哇 都寇 爹酥卡
請沿這條路直走。	**この道をまっすぐ行ってください。** kono michi o massugu itte kudasai 寇諾 咪七 歐 媽〜酥估 伊〜貼 枯答沙伊
請在下一個紅綠燈處右轉。	**次の信号を右に曲がってください。** tsugi no shingoo o migi ni magatte kudasai 豬哥伊 諾 西恩勾〜 歐 咪哥伊 尼 媽嘎〜貼 枯答沙伊
上野車站在左邊。	**上野駅は左側にあります。** uenoeki wa hidarigawa ni arimsu 烏耶諾耶克伊 哇 喝伊答里嘎哇 尼 阿里媽酥

句型 ○○嗎？

名詞＋は＋形容詞＋ですか。
wa 哇　　　　　　　**desuka** 爹酥卡

換個單字念念看

車站 / 遠	**駅 / 遠い** eki / tooi 耶克伊 / 豆〜伊	那裡 / 近	**そこ / 近い** soko / chikai 搜寇 / 七卡伊

133

① 在旅遊詢問中心

Track ◎ 119

| 句型 | 想○○。 |

名詞＋を（へ…）＋動詞＋たいです。
o　　e　　　　　　　　　　　　tai desu
歐　　耶　　　　　　　　　　　它伊 爹酥

換個單字念念看

| 看 /
煙火 | 花火を / 見
はな び　　 み
hanabi o / mi
哈那逼 歐 / 咪 | 去 / 迪士
尼樂園 | ディズニーランドへ/行き
　　　　　　　　　　　 い
dizuniirando e / iki
低茲尼～拉恩都 耶 / 伊克伊 |
| 看 /
慶典 | お祭りを/見
　まつ　　　 み
omatsuri o / mi
歐媽豬里 歐 / 咪 | | |

 例句

請給我地圖。	地図をください。 ち ず chizu o kudasai 七茲 歐 枯答沙伊
博物館現在有開嗎？	博物館は今開いていますか。 はくぶつかん　　 いま あ hakubutsukan wa ima aite imasuka 哈枯布豬卡恩 哇 伊媽 阿伊貼 伊媽酥卡
這裡可以買票嗎？	ここでチケットは買えますか。 　　　　　　　　　　　 か koko de chiketto wa kaemasuka 寇寇 爹 七克耶～豆 哇 卡耶媽酥卡

② 跟旅行團　　Track ◎ 120

| 句型 | 我要○○。 |

名詞＋がいいです。
ga ii desu
嘎 伊〜 爹酥

換個單字念念看

	いちにち 一日コース		ごご 午後コース
一日行程	ichinichi koosu 伊七尼七 寇〜酥	下午行程	gogo koosu 勾勾 寇〜酥

 例句

有附餐嗎？	しょくじ つ 食事は付きますか。 shokuji wa tsukimasuka 休枯基 哇 豬克伊媽酥卡
幾點出發？	しゅっぱつ なんじ 出発は何時ですか。 shuppatsu wa nanji desuka 咻〜趴豬 哇 那恩基 爹酥卡
幾點回來？	なんじ もど 何時に戻りますか。 nanji ni modorimasuka 那恩基 尼 某都里媽酥卡

馬上用得到的單字

旅行團	ツアー tsuaa 豬阿〜	活動	イベント ibento 伊貝恩豆
半天	はんにち 半日 hannichi 哈恩尼七	免費	む りょう 無料 muryoo 母溜〜

③ 拍照

Track ◎ **121**

句型 可以○○嗎？

名詞＋を＋動詞＋もいいですか。
o　　　　　　　　mo ii desuka
歐　　　　　　　　某 伊～ 爹酥卡

換個單字念念看

照 / 相
写真 / 撮って
しゃしん / と
shashin / totte
蝦西恩 / 豆へ貼

抽 / 煙
タバコ / 吸って
す
tabako / sutte
它拔寇 / 酥へ貼

 例句

可以幫我拍照嗎？	**写真を撮っていただけますか。** しゃしん と shashin o totte itadakemasuka 蝦西恩 歐 豆へ貼 伊它答克耶媽酥卡
只要按這裡就行了。	**ここを押すだけです。** お koko o osu dake desu 寇寇 歐 歐酥 答克耶 爹酥
可以一起照個相嗎？	**一緒に写真を撮ってもいいですか。** いっしょ しゃしん と issho ni shashin o tottemo ii desuka 伊へ休 尼 蝦西恩 歐 豆へ貼某 伊～ 爹酥卡
麻煩再拍一張。	**もう一枚お願いします。** いちまい ねが moo ichimai onegai shimasu 某～ 伊七媽伊 歐內嘎伊 西媽酥

④ 到美術館、博物館

Track ◎ 122

句型 ○○呀！

形容詞＋名詞＋ですね。
desune
爹酥內

換個單字念念看

好棒的 / 畫	**素敵な / 絵** すてき / え suteki na / e 酥貼克伊那 / 耶

好傑出的/ 作品	**すばらしい/作品** さくひん subarasii / sakuhin 酥拔拉西～/沙枯喝伊恩

好漂亮的/ 和服	**綺麗な / 着物** きれい / きもの kiree na / kimono 克伊累～ 那 / 克伊某諾

好壯觀的/ 建築物	**すごい / 建物** たてもの sugoi / tatemono 酥勾伊 / 它貼某諾

例句

入場費多少？	**入場料はいくらですか。** にゅうじょうりょう nyuujooryoo wa ikura desuka 牛～久～溜～ 哇 伊枯拉 爹酥卡
有館內導遊服務嗎？	**館内ガイドはいますか。** かんない kannai gaido wa imasuka 卡恩那伊 嘎伊都 哇 伊媽酥卡
幾點休館？	**何時に閉館ですか。** なんじ / へいかん nanji ni heekan desuka 那恩基 尼 黑～卡恩 爹酥卡

⑤ 買票

句型 給我〇〇。

名詞＋數量＋お願<ruby>願<rt>ねが</rt></ruby>いします。
onegai shimasu
歐內嘎伊 西媽酥

換個單字念念看

成人票 / 兩張	大人<ruby><rt>おとな</rt></ruby> / 二枚<ruby><rt>にまい</rt></ruby> otona / nimai 歐豆那 / 尼媽伊

學生票 / 一張	学生<ruby><rt>がくせい</rt></ruby> / 一枚<ruby><rt>いちまい</rt></ruby> gakusee / ichimai 嘎枯誰～ / 伊七媽伊

例句

售票處在哪裡？	チケット売<ruby><rt>う</rt></ruby>り場<ruby><rt>ば</rt></ruby>はどこですか。 chiketto uriba wa doko desuka 七克耶へ豆 烏里拔 哇 都寇 爹酥卡
學生有折扣嗎？	学生割引<ruby><rt>がくせいわりびき</rt></ruby>はありますか。 gakusee waribiki wa arimasuka 嘎枯誰～ 哇里逼克伊 哇 阿里媽酥卡
我要一樓的位子。	1階<ruby><rt>いっかい</rt></ruby>の席<ruby><rt>せき</rt></ruby>がいいです。 ikkai no seki ga ii desu 伊へ卡伊 諾 誰克伊 嘎 伊～ 爹酥
有沒有更便宜的座位？	もっと安<ruby><rt>やす</rt></ruby>い席<ruby><rt>せき</rt></ruby>はありますか。 motto yasui seki wa arimasuka 某へ豆 呀酥伊 誰克伊 哇 阿里媽酥卡

⑥ 看電影、聽演唱會

句型	想看○○。

名詞＋を見^みたいです。
o mitai desu
歐 咪它伊 爹酥

換個單字念念看

電影	映画 えい が eega 耶～嘎	音樂會	コンサート konsaato 寇恩沙～豆

目前受歡迎的電影是哪一部？	今^{いま}、人気^{にん き}のある映画^{えい が}は何^{なん}ですか。 ima, ninki no aru eega wa nan desuka 伊媽, 尼恩克伊 諾 阿魯 耶～嘎 哇 那恩 爹酥卡
會上映到什麼時候？	いつまで上演^{じょうえん}していますか。 itsu made jooen shite imasuka 伊豬 媽爹 久～耶恩 西貼 伊媽酥卡
下一場幾點上映？	次^{つぎ}の上映^{じょうえい}は何時^{なん じ}ですか。 tsugi no jooen wa nanji desuka 豬哥伊 諾 久～耶恩 哇 那恩基 爹酥卡
幾分前可進場？	何分前^{なんぷんまえ}に入^{はい}りますか。 nanpunmae ni hairimasuka 那恩撲恩媽耶 尼 哈伊里媽酥卡

⑦ 去唱卡拉 OK

句型	○○多少錢？

數量＋いくらですか。
ikura desuka
伊枯拉 爹酥卡

換個單字念念看

一小時	いち じ かん **一時間** ichijikan 伊七基卡恩	一個人	ひ と り **一人** hitori 喝伊豆里

 例句

去卡拉OK吧。	カラオケに行いきましょう。 karaoke ni ikimashoo 卡拉歐克耶 尼 伊克伊媽休～
基本消費多少？	き ほんりょうきん 基本料金はいくらですか。 kihonryookin wa ikuradesuka 克伊后恩溜～克伊恩 哇 伊枯拉爹酥卡
可以延長嗎？	えんちょう 延長はできますか。 enchoo wa dekimasuka 耶恩秋～ 哇 爹克伊媽酥卡
遙控器如何使用？	リモコンはどうやって使つかいますか。 rimokon wa dooyatte tsukaimasuka 里某寇恩 哇 都～呀へ貼 豬卡伊媽酥卡

⑧ 去算命   Track ◎ 126

| 句型 | ○○的○○如何？ |

時間＋の＋名詞＋はどうですか。
no   wa doo desuka
諾   哇 都～ 爹酥卡

換個單字念念看

今年／運勢	今年／運勢 こ と し　うん せい kotoshi / unsee 寇豆西／烏恩誰～	這個月／工作運	今月／仕事運 こんげつ　し ごとうん kongetsu / shigotoun 寇恩給豬／西勾豆烏恩
明年／財運	来年／金銭運 らいねん　きんせんうん rainen / kinsenun 拉伊內恩／克伊恩誰恩烏恩	這星期／愛情運勢	今週／愛情運 こんしゅう　あいじょううん konshuu / aijooun 寇恩咻～／阿伊久～烏恩

例句

我出生於1972年9月18日。	せんきゅうひゃくななじゅうにねん く がつじゅうはちにち う １９７２年９月１８日生まれです。 sen kyuuhyaku nanajuu ni nen kugatsu juuhachinichi umaredesu 誰恩 卡伊烏～喝呀枯 那那啾～ 尼 內恩 枯嘎豬 啾～哈七尼七 烏媽累爹酥
請幫我看看和女朋友（男朋友）合不合。	こいびと　　 あいしょう　み 恋人との相性を見てください。 koibito tono aishoo o mite kudasai 寇伊逼豆 豆諾 阿伊休～ 歐 咪貼 枯答沙伊
可以買護身符嗎？	まも　　 か お守りを買えますか。 omamori o kaemasuka 歐媽某里 歐 卡耶媽酥卡

Step 1 假名與發音
Step 2 寒暄一下
Step 3 基本句型
Step 4 說說自己
Step 5 旅遊日語

❾ 夜晚的娛樂

句型 附近有○○嗎？

ちか
近くに＋場所＋はありますか。

chikaku ni　　　　　　　　wa arimasuka

七卡枯 尼　　　　　　　　哇 阿里媽酥卡

換個單字念念看

酒吧	バー baa 拔～	夜店	ナイトクラブ naitokurabu 那伊豆枯拉布
居酒屋	いざかや 居酒屋 izakaya 伊雜卡呀	爵士酒吧	ジャズクラブ jazukurabu 甲茲枯拉布

例句

女性要2000日圓。	じょせい　にせんえん 女性は2000円です。 josee wa nisenen desu 久誰～ 哇 尼誰恩耶恩 爹酥
音樂不錯呢。	おんがく 音楽がいいですね。 ongaku ga ii desune 歐恩嘎枯 嘎 伊～ 爹酥內
點菜最晚是幾點？	なんじ ラストオーダーは何時ですか。 rasutooodaa wa nanji desuka 拉酥豆歐～答～ 哇 那恩基 爹酥卡

⑩ 看棒球

Track 128

今天有巨人隊的比賽嗎？	今日は巨人の試合がありますか。 kyoo wa kyojin no shiai ga arimasuka 卡悠～ 哇 卡悠基恩 諾 西阿伊 嘎 阿里媽酥卡
哪兩隊的比賽？	どこ対どこの試合ですか。 doko tai doko no shiai desuka 都寇 它伊 都寇 諾 西阿伊 爹酥卡
請給我兩張一壘附近的座位。	一塁側の席を2枚ください。 ichiruigawa no seki o nimai kudasai 伊七魯伊嘎哇 諾 誰克伊 歐 尼媽伊 枯答沙伊
可以坐這裡嗎？	ここに座ってもいいですか。 koko ni suwattemo ii desuka 寇寇 尼 酥哇～貼某 伊～ 爹酥卡
請簽名。	サインをください。 sain o kudasai 沙伊恩 歐 枯答沙伊

馬上用得到的單字

棒球場	野球場 yakyuujoo 呀卡伊鳥～久～	三振	三振 sanshin 沙恩西恩
夜間棒球賽	ナイター naitaa 那伊它～	全壘打	ホームラン hoomuran 后～母拉恩

① 買衣服

Track ◎ 129

句型 在找○○。

衣服＋を探^{さが}しています。

o sagashite imasu
歐 沙嘎西貼 伊媽酥

換個單字念念看

裙子	スカート sukaato 酥卡〜豆	外套	コート kooto 寇〜豆
褲子	ズボン zubon 茲剝恩	T恤	Tシャツ^{ティー} tii shatsu 踢 蝦豬

例句

婦女服飾賣場在哪裡？	婦人服売り場^{ふ じんふく う ば}はどこですか。 fujinfuku uriba wa doko desuka 夫基恩夫枯 烏里拔 哇 都寇 爹酥卡
這個如何？	こちらはいかがですか。 kochira wa ikaga desuka 寇七拉 哇 伊卡嘎 爹酥卡
這條褲子如何？	このズボンはどうですか。 kono zubon wa doo desuka 寇諾 茲剝恩 哇 都〜 爹酥卡

② 試穿衣服

Track ◎ **130**

句型 可以○○嗎？

動詞＋もいいですか。
mo ii desuka
某 伊～ 爹酥卡

換個單字念念看

| 試穿 | し ちゃく
試着して
shichakushite
西洽枯西貼 | 摸 | さわ
触って
sawatte
沙哇ㄟ貼 |

那個讓我看一下。	み **それを見せてください。** sore o misete kudasai 搜累 歐 咪誰貼 枯答沙伊
有點小呢。	ち い **ちょっと小さいですね。** chotto chiisai desune 秋ㄟ豆 七～沙伊 爹酥內
有沒有白色的？	し ろ **白いのはありませんか。** shiroi no wa arimasenka 西落伊 諾 哇 阿里媽誰恩卡
這是麻嗎？	あさ **これは麻ですか。** kore wa asa desuka 寇累 哇 阿沙 爹酥卡

③ 決定要買

有點長。	ちょっと長^{なが}いです。 chotto nagai desu 秋ヘ豆 那嘎伊 爹酥
長度可以改短一點嗎？	丈^{たけ}をつめられますか。 take o tsumeraremasuka 它克耶 歐 豬妹拉累媽酥卡
顏色不錯呢。	色^{いろ}がいいですね。 iro ga ii desune 伊落 嘎 伊～ 爹酥內
非常喜歡。	とても気^きに入^いりました。 totemo ki ni irimashita 豆貼某 克伊 尼 伊里媽西它
我要這個。	これにします。 kore ni shimasu 寇累 尼 西媽酥

馬上用得到的單字

白色	白^{しろ} shiro 西落	紅色	赤^{あか} aka 阿卡
黑色	黒^{くろ} kuro 枯落	藍色	青^{あお} ao 阿歐

④ 買鞋子

Track ◎ **132**

Step **1** 假名與發音

Step **2** 寒暄一下

Step **3** 基本句型

Step **4** 說說自己

Step **5** 旅遊日語

句型	想要○○。

鞋子＋が欲^ほしいです。
ga hoshii desu
嘎 后西～ 爹酥

換個單字念念看

休閒鞋	スニーカー suniikaa 酥尼～卡～	高跟鞋	ハイヒール haihiiru 哈伊喝伊～魯
涼鞋	サンダル sandaru 沙恩答魯	靴子	ブーツ buutsu 布～豬

句型	太○○。

形容詞＋すぎます。
sugimasu
酥哥伊媽酥

換個單字念念看

大	大^{おお}き ooki 歐～克伊	長	長^{なが} naga 那嘎
小	小^{ちい}さ chiisa 七～沙	短	短^{みじか} mijika 咪基卡

⑤ 決定買鞋子

句型	我要○○。

形容詞の (なの) ＋がいいです。

no **(nano)** **ga ii desu**
諾 （那諾） 嘎 伊〜 爹酥

換個單字念念看

小的	ちい **小さい** chiisai 七〜沙伊	黑的	くろ **黒い** kuroi 枯落伊

例句

有點緊。	**ちょっときついです。** chotto kitsui desu 秋〜豆 克伊豬伊 爹酥
最受歡迎的是哪一雙？	いちばんにん き **一番人気なのはどれですか。** ichiban ninki nano wa dore desuka 伊七拔恩 尼恩克伊 那諾 哇 都累 爹酥卡
請給我這一雙。	**これをください。** kore o kudasai 寇累 歐 枯答沙伊

⑥ 買土產

Track ◎ **134**

句型	給我○○。

數量＋ください。
kudasai
枯答沙伊

換個單字念念看

一個	<ruby>一つ<rt>ひと</rt></ruby> hitotsu <u>喝伊</u>豆豬	一張	<ruby>一枚<rt>いちまい</rt></ruby> ichimai 伊七媽伊

 例句

有沒有適合送人的名產？	お<ruby>土産<rt>みやげ</rt></ruby>にいいのはありますか。 omiyage ni ii no wa arimasuka 歐咪呀給 尼 伊〜 諾 哇 阿里媽酥卡
哪一個較受歡迎？	どれが<ruby>人気<rt>にんき</rt></ruby>ありますか。 dore ga ninki arimasuka 都累 嘎 尼恩<u>克伊</u> 阿里媽酥卡
給我八個同樣的東西。	<ruby>同<rt>おな</rt></ruby>じものを<ruby>八<rt>やっ</rt></ruby>つください。 onaji mono o yattsu kudasai 歐那基 某諾 歐 呀〜豬 枯答沙伊
請分開包裝。	<ruby>別々<rt>べつべつ</rt></ruby>に<ruby>包<rt>つつ</rt></ruby>んでください。 betsubetsu ni tsutsunde kudasai 貝豬貝豬 尼 豬豬恩爹 枯答沙伊

Step
1
假名與發音

Step
2
寒暄一下

Step
3
基本句型

Step
4
說說自己

Step
5
旅遊日語

⑦ 討價還價

| 句型 | 請○○。 |

形容詞＋してください。
shite kudasai
西貼 枯答沙伊

換個單字念念看

| 便宜一點 | 安^{やす}く
yasuku
呀酥枯 | 快一點 | 早^{はや}く
hayaku
哈呀枯 |

例句

太貴了。	高^{たか}すぎます。 takasugimasu 它卡酥哥伊媽酥
2000日圓就買。	2000円^{に せ ん え ん}なら買^かいます。 nisenen nara kaimasu 尼誰恩耶恩 那拉 卡伊媽酥
最好是 1 萬日圓以內的東西。	1万円^{いちまんえん}以内^{い ない}の物^{もの}がいいです。 ichimanen inai no mono ga ii desu 伊七媽恩耶恩 伊那伊 諾 某諾 嘎 伊～ 爹酥
那我就不要了。	それでは、いりません。 soredewa, irimasen 搜累爹哇，伊里媽誰恩

⑧ 付錢

Track ◎ **136**

| 問 | 要如何付款？ |

Q：お支払いはどうなさいます。
oshiharai wa doo nasaimasu
歐西哈拉伊 哇 都～那沙伊媽酥

| 答 | 麻煩你我用○○。 |

A：名詞＋でお願いします。
de onegai shimasu
爹 歐內嘎伊西媽酥

換個單字念念看

| 刷卡 | **カード**
kaado
卡～都 | 現金 | **現金**
genkin
給恩克伊恩 |

| 問 | 要分幾次付款？ |

Q：お支払い回数は。
oshiharai kaisuu wa
歐西哈拉伊 卡伊酥～ 哇

| 答 | ○○。 |

A：次數＋です。
desu
爹酥

換個單字念念看

| 一次 | **一回**
ikkai
伊ㄟ卡伊 | 六次 | **六回**
rokkai
落ㄟ卡伊 |

| 在哪裡結帳？ | **レジはどこですか。**
reji wa doko desuka
累基 哇 都寇 爹酥卡 |
| 請在這裡簽名。 | **ここにサインをお願いします。**
koko ni sain o onegai shimasu
寇寇 尼 沙伊恩 歐 歐內嘎伊 西媽酥 |

151

① 文化及社會

句型 喜歡日本的○○。

日本の＋名詞＋が好きです。
nihon no ＋名詞＋ **ga suki desu**
尼后恩 諾　　　　　　　　嘎 酥克伊 爹酥

換個單字念念看

歌	うた **歌** uta 烏它	連續劇	**ドラマ** dorama 都拉媽
漫畫	**マンガ** manga 媽恩嘎	慶典	まつ **お祭り** omatsuri 歐媽豬里

句型 對日本的○○有興趣。

日本の＋名詞＋に興味があります。
nihon no ＋名詞＋ **ni kyoomi ga arimasu**
尼后恩 諾　　　　　　　　尼 卡悠～咪 嘎 阿里媽酥

換個單字念念看

文化	ぶんか **文化** bunka 布恩卡	藝術	げいじゅつ **芸術** geejutsu 給～啾豬
經濟	けいざい **経済** keezai 克耶～雜伊	歷史	れきし **歴史** rekishi 累克伊西

② 日本慶典

Track ◎ **138**

Step
1
假名與發音

Step
2
寒暄一下

Step
3
基本句型

Step
4
說說自己

Step
5
旅遊日語

句型	在○○有慶典。

場所＋で＋慶典＋があります。

de
爹

ga arimasu
嘎 阿里媽酥

換個單字念念看

德島／阿波舞	**徳島 / 阿波踊り** とくしま あ わ おど tokushima / awaodori 豆枯西媽 / 阿哇歐都里	札幌／雪祭	**札幌 / 雪祭** さっぽろ ゆきまつり sapporo / yukimatsuri 沙ㄟ 剖落 / 尤克伊媽豬里
東京／神田祭	**東京 / 神田祭** とうきょう かん だ まつり tookyoo / kandamatsuri 豆～卡悠～ / 卡恩答媽豬里	青森／驅魔祭	**青森 / ねぶた祭** あおもり まつり aomori / nebutamatsuri 阿歐某里 / 內布它媽豬里

是什麼慶典？	どんな祭りですか。 まつ donna matsuri desuka 都恩那 媽豬里 爹酥卡
什麼時候舉行？	いつありますか。 itsu arimasuka 伊豬 阿里媽酥卡
怎麼去？	どうやって行きますか。 い dooyatte ikimasuka 都～呀ㄟ貼 伊克伊媽酥卡

③ 日本街道

Track ◎ 139

市容很乾淨。	**町がきれいですね。** machi ga kiree desune 媽七 嘎 克伊累～ 爹酥內
空氣很好。	**空気がいいですね。** kuuki ga ii desune 枯～克伊 嘎 伊～ 爹酥內
庭院的花很可愛。	**お庭の花が可愛いですね。** oniwa no hana ga kawaii desune 歐尼哇 諾 哈那 嘎 卡哇伊～ 爹酥內
人很親切。	**人が親切ですね。** hito ga shinsetsu desune 喝伊豆 嘎 西恩誰豬 爹酥內
年輕人很時髦。	**若者はおしゃれですね。** wakamono wa oshare desune 哇卡某諾 哇 歐蝦累 爹酥內

馬上用得到的單字

城市風景	**町風景** machifuukee 媽七夫～克耶～	古老的房子	**古い家** furui ie 夫魯伊 伊耶
中途下車	**途中下車** tochuugesha 豆七烏～給蝦	街角	**街角** machikado 媽七卡都

① 找醫生

Track ◎ **140**

想去看醫生。	<ruby>医<rt>い</rt></ruby><ruby>者<rt>しゃ</rt></ruby>に<ruby>行<rt>い</rt></ruby>きたいです。 isha ni ikitai desu 伊蝦 尼 伊克伊它伊 爹酥
請叫醫生來。	<ruby>医<rt>い</rt></ruby><ruby>者<rt>しゃ</rt></ruby>を<ruby>呼<rt>よ</rt></ruby>んでください。 isha o yonde kudasai 伊蝦 歐 悠恩爹 枯答沙伊
請叫救護車。	<ruby>救<rt>きゅう</rt></ruby><ruby>急<rt>きゅう</rt></ruby><ruby>車<rt>しゃ</rt></ruby>を<ruby>呼<rt>よ</rt></ruby>んでください。 kyuukyuusha o yonde kudasai 卡伊烏～卡伊烏～蝦 歐 悠恩爹 枯答沙伊
醫院在哪裡？	<ruby>病<rt>びょう</rt></ruby><ruby>院<rt>いん</rt></ruby>はどこですか。 byooin wa doko desuka 比悠～伊恩 哇 都寇 爹酥卡
診療時間幾點？	<ruby>診<rt>しん</rt></ruby><ruby>察<rt>さつ</rt></ruby><ruby>時<rt>じ</rt></ruby><ruby>間<rt>かん</rt></ruby>はいつですか。 shinsatsu jikan wa itsu desuka 西恩沙豬 基卡恩 哇 伊豬 爹酥卡

馬上用得到的單字

感冒	<ruby>風<rt>か</rt></ruby><ruby>邪<rt>ぜ</rt></ruby> kaze 卡賊	高血壓	<ruby>高<rt>こう</rt></ruby><ruby>血<rt>けつ</rt></ruby><ruby>圧<rt>あつ</rt></ruby> kooketsuatsu 寇～克耶豬阿豬
心臟病	<ruby>心<rt>しん</rt></ruby><ruby>臓<rt>ぞう</rt></ruby><ruby>病<rt>びょう</rt></ruby> shinzoobyoo 西恩宙～比悠～	糖尿病	<ruby>糖<rt>とう</rt></ruby><ruby>尿<rt>にょう</rt></ruby><ruby>病<rt>びょう</rt></ruby> toonyoobyoo 豆～牛～比悠～

155

②　說出症狀

問	怎麼了？

Q：どうしましたか。
doo shimashitaka
都〜 西媽西它卡

答	感到○○。

A：症狀＋がします。
ga shimasu
嘎 西媽酥

換個單字念念看

吐	<ruby>吐<rt>は</rt></ruby>き<ruby>気<rt>け</rt></ruby> **hakike** 哈克伊克耶	頭暈	<ruby>目<rt>め</rt></ruby><ruby>眩<rt>まい</rt></ruby> **memai** 妹媽伊
發冷	<ruby>寒<rt>さむ</rt></ruby><ruby>気<rt>け</rt></ruby> **samuke** 沙母克耶		

句型	○○痛。

身體＋が<ruby>痛<rt>いた</rt></ruby>いです。
ga itaidesu
嘎 伊它伊爹酥

換個單字念念看

頭	<ruby>頭<rt>あたま</rt></ruby> **atama** 阿它媽	肚子	お<ruby>腹<rt>なか</rt></ruby> **onaka** 歐那卡

③ 接受治療

Track ◎ 142

請躺下來。	<ruby>横<rt>よこ</rt></ruby>になってください。 yoko ni natte kudasai 悠寇 尼 那ㄟ貼 枯答沙伊
請深呼吸。	<ruby>深<rt>しん</rt></ruby><ruby>呼<rt>こ</rt></ruby><ruby>吸<rt>きゅう</rt></ruby>してください。 shinkokyuu shite kudasai 西恩寇卡伊烏～ 西貼 枯答沙伊
這裡會痛嗎？	この<ruby>辺<rt>へん</rt></ruby>は<ruby>痛<rt>いた</rt></ruby>いですか。 kono hen wa itai desuka 寇諾 黑恩 哇 伊它伊 爹酥卡
食物中毒。	<ruby>食<rt>しょく</rt></ruby>あたりですね。 shokuatari desune 休枯阿它里 爹酥內
開藥方給你。	<ruby>薬<rt>くすり</rt></ruby>を<ruby>出<rt>だ</rt></ruby>します。 kusuri o dashimasu 枯酥里 歐 答西媽酥

馬上用得到的單字

好像發燒	<ruby>熱<rt>ねつ</rt></ruby>っぽい netsuppoi 內豬ㄟ剖伊	流鼻水	<ruby>鼻水<rt>はなみず</rt></ruby> hanamizu 哈那咪茲
很疲倦	だるい darui 答魯伊	打噴嚏	くしゃみ kushami 枯蝦咪

157

④ 到藥局拿藥

Track ◎ **143**

一天請服三次藥。

<ruby>薬<rt>くすり</rt></ruby>は<ruby>一日三回<rt>いちにちさんかい</rt></ruby><ruby>飲<rt>の</rt></ruby>んでください。
kusuri wa ichinichi sankai nonde kudasai
枯酥里 哇 伊七尼七 沙恩卡伊 諾恩爹 枯答沙伊

請在飯後服用。

<ruby>食後<rt>しょくご</rt></ruby>に<ruby>飲<rt>の</rt></ruby>んでください。
shokugo ni nonde kudasai
休枯勾 尼 諾恩爹 枯答沙伊

請將這個軟膏塗抹在傷口上。

この<ruby>軟膏<rt>なんこう</rt></ruby>を<ruby>傷<rt>きず</rt></ruby>に<ruby>塗<rt>ぬ</rt></ruby>りなさい。
kono nankoo o kizu ni nurinasai
寇諾 那恩寇～ 歐 克伊茲 尼 奴里那沙伊

請多保重。

お<ruby>大事<rt>だいじ</rt></ruby>に。
odaiji ni
歐答伊基 尼

請開診斷書給我。

<ruby>診断書<rt>しんだんしょ</rt></ruby>を<ruby>お願<rt>ねが</rt></ruby>いします。
shindansho o onegai shimasu
西恩答恩休 歐 歐內嘎伊 西媽酥

馬上用得到的單字

感冒藥	<ruby>風邪薬<rt>か ぜ ぐすり</rt></ruby> kazegusuri 卡賊估酥里	鎮痛劑	<ruby>鎮痛剤<rt>ちんつうざい</rt></ruby> chintsuuzai 七恩豬～雜伊
胃腸藥	<ruby>胃腸薬<rt>い ちょうやく</rt></ruby> ichooyaku 伊秋～呀枯	眼藥水	<ruby>目薬<rt>め ぐすり</rt></ruby> megusuri 妹估酥里

① 東西不見了

Track ◎ **144**

句型	○○不見了。

物＋をなくしました。
o nakushimashita
歐 那枯西媽西它

換個單字念念看

護照	パスポート pasupooto 趴酥剖～豆	手提包	かばん kaban 卡拔恩
相機	カメラ kamera 卡妹拉	房間鑰匙	部屋の鍵 （へや）（かぎ） heya no kagi 黑呀 諾 卡<u>哥伊</u>

句型	○○忘在○○了。

場所＋に＋物＋を忘れました。
ni　　　　　**o wasuremashita**
尼　　　　　歐 哇酥累媽西它

換個單字念念看

電車／ 行李	電車／荷物 （でんしゃ）（にもつ） densha / nimotsu 爹恩蝦／尼某豬	計程車／ 電腦	タクシー／パソコン takushii / pasokon 它枯西～／趴搜寇恩
房間／ 鑰匙	部屋／鍵 （へや）（かぎ） heya / kagi 黑呀／卡<u>哥伊</u>		

② 東西被偷了 Track ◎ 145

| 句型 | ○○被偷了。 |

物＋を盗まれました。
ぬす
o nusumaremashita
歐 奴酥媽累媽西它

換個單字念念看

錢包	財布 さい ふ saifu 沙伊夫	行李箱	スーツケース suutsukeesu 酥～豬克耶～酥
信用卡	クレジットカード kurejitto kaado 枯累基へ 豆 卡～都	戒指	指輪 ゆび わ yubiwa 尤逼哇

| 句型 | 犯人是○○。 |

犯人は＋人＋です。
はんにん
hannin wa　　　　**desu**
哈恩尼恩 哇　　　　爹酥

換個單字念念看

年輕男性	若い男 わか おとこ wakai otoko 哇卡伊 歐豆寇	長髮的 女性	髪の長い女 かみ なが おんな kami no nagai onna 卡咪 諾 那嘎伊 歐恩那
矮個子的 男性	背の低い男 せ ひく おとこ se no hikui otoko 誰 諾 喝伊枯伊 歐豆寇	帶著眼鏡 的女性	めがねをかけた女 おんな megane o kaketa onna 妹嘎內 歐 卡克耶它 歐恩那

③ 在警察局　　　　　　　　Track ◎ 146

東西弄丟了。	落し物しました。 otoshimono shimashita 歐豆西某諾 西媽西它
黑色包包。	黒いかばんです。 kuroi kaban desu 枯落伊 卡拔恩 爹酥
裡面有錢包和信用卡。	財布とカードが入っています。 saifu to kaado ga haitte imasu 沙伊夫 豆 卡～都 嘎 哈伊～貼 伊媽酥
希望能幫我打電話給發卡公司。	カード会社に電話してほしいです。 kaado gaisha ni denwashite hoshii desu 卡～都 嘎伊蝦 尼 爹恩哇西貼 后西～ 爹酥
請填寫遺失表格。	紛失届けを書いてください。 funshitutodoke o kaite kudasai 夫恩西豬豆都克耶 歐 卡伊貼 枯答沙伊

馬上用得到的單字

警察	警察 keesatsu 克耶～沙豬	護照	パスポート pasupooto 趴酥剖～豆
身分證	身分証明書 mibunshoomeesho 咪布恩休～妹～休	補發	再発行 saihakkoo 沙伊哈～寇～

MEMO

附錄
好實用單字

memo

先安排讀書計劃學得更快喔！

① 基本單字

① 数字（一）

1（いち）	1	ichi
2（に）	2	ni
3（さん）	3	san
4（よん/し）	4	yon/ shi
5（ご）	5	go
6（ろく）	6	roku
7（なな/しち）	7	nana / shichi
8（はち）	8	hachi
9（く／きゅう）	9	ku / kyuu
10（じゅう）	10	juu
11（じゅういち）	11	juuichi
12（じゅうに）	12	juuni
13（じゅうさん）	13	juusan
14（じゅうよん／じゅうし）	14	juuyon / juushi
15（じゅうご）	15	juugo
16（じゅうろく）	16	juuroku
17（じゅうしち／じゅうなな）	17	juushichi / juunana
18（じゅうはち）	18	juuhachi
19（じゅうく／じゅうきゅう）	19	juuku / juukyuu
20（にじゅう）	20	nijuu
30（さんじゅう）	30	sanjuu
40（よんじゅう）	40	yonjuu
50（ごじゅう）	50	gojuu
60（ろくじゅう）	60	rokujuu
70（ななじゅう）	70	nanajuu
80（はちじゅう）	80	hachijuu
90（きゅうじゅう）	90	kyuujuu
100（ひゃく）	100	hyaku
101（ひゃくいち）	101	hyakuichi

102（ひゃくに）	102	**hyakuni**
103（ひゃくさん）	103	**hyakusan**
200（にひゃく）	200	**nihyaku**
300（さんびゃく）	300	**sannbyaku**
400（よんひゃく）	400	**yonhyaku**
500（ごひゃく）	500	**gohyaku**
600（ろっぴゃく）	600	**roppyaku**
700（ななひゃく）	700	**nanahyaku**
800（はっぴゃく）	800	**happyaku**
900（きゅうひゃく）	900	**kyuuhyaku**
1000（せん）	1000	**sen**
2000（にせん）	2000	**nisen**
5000（ごせん）	5000	**gosen**
10000（いちまん）	10000	**ichiman**

❷ 數字（二）

<ruby>一<rt>ひと</rt></ruby>つ	一個	**hitotsu**
<ruby>二<rt>ふた</rt></ruby>つ	二個	**futatsu**
<ruby>三<rt>みっ</rt></ruby>つ	三個	**mittsu**
<ruby>四<rt>よっ</rt></ruby>つ	四個	**yottsu**
<ruby>五<rt>いつ</rt></ruby>つ	五個	**itsutsu**
<ruby>六<rt>むっ</rt></ruby>つ	六個	**muttsu**
<ruby>七<rt>なな</rt></ruby>つ	七個	**nanatsu**
<ruby>八<rt>やっ</rt></ruby>つ	八個	**yattsu**
<ruby>九<rt>ここの</rt></ruby>つ	九個	**kokonotsu**
<ruby>十<rt>とお</rt></ruby>	十個	**too**
いくつ	幾個	**ikutsu**

❸ 月份

<ruby>一月<rt>いちがつ</rt></ruby>	一月	**ichigatsu**
<ruby>二月<rt>にがつ</rt></ruby>	二月	**nigatsu**
<ruby>三月<rt>さんがつ</rt></ruby>	三月	**sangatsu**
<ruby>四月<rt>しがつ</rt></ruby>	四月	**shigatsu**
<ruby>五月<rt>ごがつ</rt></ruby>	五月	**gogatsu**
<ruby>六月<rt>ろくがつ</rt></ruby>	六月	**rokugatsu**
<ruby>七月<rt>しちがつ</rt></ruby>	七月	**shichigatsu**
<ruby>八月<rt>はちがつ</rt></ruby>	八月	**hachigatsu**
<ruby>九月<rt>くがつ</rt></ruby>	九月	**kugatsu**
<ruby>十月<rt>じゅうがつ</rt></ruby>	十月	**juugatsu**
<ruby>十一月<rt>じゅういちがつ</rt></ruby>	十一月	**juuichigatsu**
<ruby>十二月<rt>じゅうにがつ</rt></ruby>	十二月	**juunigatsu**
<ruby>何月<rt>なんがつ</rt></ruby>	幾月	**nangatsu**

❹ 星期

<ruby>日曜日<rt>にちようび</rt></ruby>	星期日	**nichiyoobi**
<ruby>月曜日<rt>げつようび</rt></ruby>	星期一	**getsuyoobi**
<ruby>火曜日<rt>かようび</rt></ruby>	星期二	**kayoobi**
<ruby>水曜日<rt>すいようび</rt></ruby>	星期三	**suiyoobi**
<ruby>木曜日<rt>もくようび</rt></ruby>	星期四	**mokuyoobi**
<ruby>金曜日<rt>きんようび</rt></ruby>	星期五	**kinyoobi**
<ruby>土曜日<rt>どようび</rt></ruby>	星期六	**doyoobi**
<ruby>何曜日<rt>なんようび</rt></ruby>	星期幾	**nanyoobi**

❺ 時間

<ruby>一<rt>いち</rt></ruby><ruby>時<rt>じ</rt></ruby>	一點	ichiji
<ruby>二<rt>に</rt></ruby><ruby>時<rt>じ</rt></ruby>	兩點	niji
<ruby>三<rt>さん</rt></ruby><ruby>時<rt>じ</rt></ruby>	三點	sanji
<ruby>四<rt>よ</rt></ruby><ruby>時<rt>じ</rt></ruby>	四點	yoji
<ruby>五<rt>ご</rt></ruby><ruby>時<rt>じ</rt></ruby>	五點	goji
<ruby>六<rt>ろく</rt></ruby><ruby>時<rt>じ</rt></ruby>	六點	rokuji
<ruby>七<rt>しち</rt></ruby><ruby>時<rt>じ</rt></ruby>	七點	shichiji
<ruby>八<rt>はち</rt></ruby><ruby>時<rt>じ</rt></ruby>	八點	hachiji
<ruby>九<rt>く</rt></ruby><ruby>時<rt>じ</rt></ruby>	九點	kuji
<ruby>十<rt>じゅう</rt></ruby><ruby>時<rt>じ</rt></ruby>	十點	juuji
<ruby>十一<rt>じゅういち</rt></ruby><ruby>時<rt>じ</rt></ruby>	十一點	juuichiji
<ruby>十二<rt>じゅうに</rt></ruby><ruby>時<rt>じ</rt></ruby>	十二點	juuniji
<ruby>一<rt>いち</rt></ruby><ruby>時<rt>じ</rt></ruby><ruby>十五<rt>じゅうご</rt></ruby><ruby>分<rt>ふん</rt></ruby>	一點十五分	ichijijuugofun
<ruby>一<rt>いち</rt></ruby><ruby>時<rt>じ</rt></ruby><ruby>三十分<rt>さんじゅっぷん</rt></ruby>	一點三十分	ichijisanjuppun
<ruby>一<rt>いち</rt></ruby><ruby>時<rt>じ</rt></ruby><ruby>四十<rt>よんじゅう</rt></ruby><ruby>五<rt>ご</rt></ruby><ruby>分<rt>ふん</rt></ruby>	一點四十五分	ichijiyonjuugofun
<ruby>二<rt>に</rt></ruby><ruby>時<rt>じ</rt></ruby><ruby>十<rt>じゅう</rt></ruby><ruby>五<rt>ご</rt></ruby><ruby>分<rt>ふん</rt></ruby>	兩點十五分	nijijuugofun
<ruby>二<rt>に</rt></ruby><ruby>時<rt>じ</rt></ruby><ruby>半<rt>はん</rt></ruby>	兩點半	nijihan
<ruby>二<rt>に</rt></ruby><ruby>時<rt>じ</rt></ruby><ruby>四十<rt>よんじゅう</rt></ruby><ruby>五<rt>ご</rt></ruby><ruby>分<rt>ふん</rt></ruby>	兩點四十五分	nijiyonjuugofun
<ruby>三<rt>さん</rt></ruby><ruby>時<rt>じ</rt></ruby><ruby>半<rt>はん</rt></ruby>	三點半	sanjihan
<ruby>四<rt>よ</rt></ruby><ruby>時<rt>じ</rt></ruby><ruby>半<rt>はん</rt></ruby>	四點半	yojihan
<ruby>五<rt>ご</rt></ruby><ruby>時<rt>じ</rt></ruby><ruby>半<rt>はん</rt></ruby>	五點半	gojihan
<ruby>六<rt>ろく</rt></ruby><ruby>時<rt>じ</rt></ruby><ruby>十<rt>じゅう</rt></ruby><ruby>五<rt>ご</rt></ruby><ruby>分<rt>ふん</rt></ruby><ruby>前<rt>まえ</rt></ruby>	六點十五分前	okujijuugofunmae
<ruby>七<rt>しち</rt></ruby><ruby>時<rt>じ</rt></ruby>ちょうど	七點整	shichijichoodo
<ruby>八<rt>はち</rt></ruby><ruby>時<rt>じ</rt></ruby><ruby>五<rt>ご</rt></ruby><ruby>分<rt>ふん</rt></ruby><ruby>過<rt>す</rt></ruby>ぎ	八點過五分	hachijigofunsugi
<ruby>何<rt>なん</rt></ruby><ruby>時<rt>じ</rt></ruby><ruby>何<rt>なん</rt></ruby><ruby>分<rt>ぶん</rt></ruby>	幾點幾分	nanjinanpun

②機場

❶ 在機場

空港 <small>くうこう</small>	機場	kuukoo
航空会社 <small>こうくうがいしゃ</small>	航空公司	kookuugaisha
出国準備 <small>しゅっこくじゅんび</small>	準備出境	shukkokujunbi
チェックイン	登機登記	chekkuin
エコノミークラス	經濟艙	ekonomiikurasu
ビジネスクラス	商務艙	bijinesukurasu
ファーストクラス	頭等艙	faasutokurasu
窓側席 <small>まどがわせき</small>	靠窗座位	madogawaseki
通路側席 <small>つうろがわせき</small>	走道邊座位	tsuurogawaseki
禁煙席 <small>きんえんせき</small>	禁煙座位	kinenseki
荷物 <small>にもつ</small>	行李	nimotsu
手荷物 <small>てにもつ</small>	手提行李	tenimotsu
クレームタグ	托運牌	kureemudagu
搭乗カード <small>とうじょう</small>	登機證	toojookaado
搭乗ゲート <small>とうじょう</small>	登機門	toojoogeeto
パスポート	護照	pasupooto
出国カード <small>しゅっこく</small>	出境卡	shukkokukaado
入国カード <small>にゅうこく</small>	入境卡	nyuukokukaado
免税店 <small>めんぜいてん</small>	免稅店	menzeeten
税関 <small>ぜいかん</small>	海關	zeekan
乗客 <small>じょうきゃく</small>	乘客	jookyaku
セキュリティチェック	安全檢査	sekyuritichekku
X 線 <small>エックス せん</small>	X光	ekkususen

❷ 機內服務

機長	機長	kichoo
キャビンアテンダント	空中小姐	kyabinatendanto
乗務員	空服員	joomuin
乗客	乘客	jookyaku
新聞	報紙	shinbun
雑誌	雜誌	zasshi
飲み物	飲料	nomimono
シートベルト	安全帶	shiitoberuto
非常口	緊急出口	hijooguchi
化粧室	化妝室	keshooshitsu
使用中	使用中	shiyoochuu
空き	空的	aki
トイレットペーパー	衛生紙	toirettopeepaa
酸素マスク	氧氣罩	sansomasuku
救命胴衣	救生衣	kyuumeedooi
エチケット袋	嘔吐袋	echikettobukuro
着陸	著地	chakuriku
現地時間	當地時間	genchijikan
時差	時差	jisa
現地気温	當地氣溫	genchikion

❸ 通關

外国人	外國人	gaikokujin
日本人	日本人	nihonjin

待合室	候客室	machiaishitsu
出入国管理	出入境管理	shutsunyuukokukanri
並ぶ	排隊	narabu
居住者	居住者	kyojuusha
非居住者	非居住者	hikyojuusha
入国する	入境	nyuukokusuru
入国目的	入境目的	nyuukokumokuteki
親戚	親戚	shinseki
留学生	留學生	ryuugakusee
学生証	學生證	gakuseeshoo
観光する	觀光	kankoosuru
ビジネス	商務	bijinesu
訪問する	訪問	hoomonsuru
申告カード	申報卡	shikokukaado
持ち込み禁止品	違禁品	mochikomikinshihin
身の回り品	隨身物品	mi no mawarihin
手荷物	手提行李	tenimotsu
プレゼント	禮物	purezento
お土産	名産	omiyage

❹ 換錢

両替する	換錢	ryoogaesuru
両替所	換錢處	ryoogaejo
銀行	銀行	ginkoo
為替	匯率	kawase

レート	匯率	reeto
札	紙鈔	satsu
小銭	零錢	kozeni
コイン	硬幣	koin
日本円	日幣	nihonen
アメリカドル	美金	amerikadoru
ポンド	英磅	pondo
台湾ドル	台幣	taiwandoru
北京人民幣	北京人民幣	pekkinjinminhee
現金	現金	genkin
トラベラーズチェック	旅行支票	toraberaazuchekku
両替申込書	換錢申請書	ryoogaemooshikomisho
サイン	簽名	sain
身分証明書	身份證	mibunshoomeesho

5 打電話

国際電話	國際電話	kokusaidenwa
市内電話	市內電話	shinaidenwa
長距離電話	長途電話	chookyoridenwa
携帯電話	手機	keetaidenwa
電話番号	電話號碼	denwabangoo
電話する	打電話	denwasuru
公衆電話	公用電話	kooshuudenwa
国番号	國碼	kunibangoo
指名通話	指名電話	shimeetsuuwa

コレクトコール	對方付費電話	**korekutokooru**
テレホンカード	電話卡	**terehonkaado**
市外局番	區域號碼	**shigaikyokuban**
イエローページ	黃皮電話簿	**ieroopeeji**

6 郵局

郵便局	郵局	**yuubinkyoku**
切手	郵票	**kitte**
封筒	信封	**fuutoo**
手紙	信件	**tegami**
葉書	明信片	**hagaki**
小包	包裹	**kozutsumi**
航空便	空運	**kookuubin**
船便	船運	**funabin**
書留	掛號	**kakitome**
速達	限時	**sokutatsu**

7 機場交通

リムジンバス	機場巴士	**rimujinbasu**
エアポートバス	機場巴士	**eapootobasu**
タクシー乗り場	計程車乘車處	**takushiinoriba**
ＪＲ乗り場	JR乘車處	**jeeaaru noriba**
地下鉄	地下鐵	**chikatetsu**
切符	車票	**kippu**

運賃 <ruby>うんちん</ruby>	乘車票價	unchin
切符売場 <ruby>きっぷ うり ば</ruby>	售票處	kippuuriba
入り口 <ruby>い ぐち</ruby>	入口	iriguchi
出口 <ruby>で ぐち</ruby>	出口	deguchi
非常口 <ruby>ひ じょうぐち</ruby>	緊急出口	hijooguchi
路線図 <ruby>ろ せん ず</ruby>	路線圖	rosenzu

③ 到飯店

❶ 在櫃台

宿泊施設 <ruby>しゅくはく し せつ</ruby>	飯店設施	shukuhakushisetsu
ホテル	飯店	hoteru
旅館 <ruby>りょかん</ruby>	旅館	ryokan
民宿 <ruby>みんしゅく</ruby>	民宿	minshuku
ビジネスホテル	商務飯店	bijinesuhoteru
ラブホテル	賓館	rabuhoteru
空室 <ruby>くうしつ</ruby>	有空房	kuushitsu
満室 <ruby>まんしつ</ruby>	房間客滿	manshitsu
シングル	單人房	shinguru
ダブル	雙人房	daburu
予約あり <ruby>よ やく</ruby>	有預約	yoyakuari
予約なし <ruby>よ やく</ruby>	沒有預約	yoyakunashi
料金 <ruby>りょうきん</ruby>	費用	ryookin
チェックイン	登記住宿	chekkuin
チェックアウト	退房	chekkuauto

173

シャワー付き	附淋浴	shawaatsuki
トイレ付き	附廁所	toiretsuki
赤ちゃん用ベッド	嬰兒用床	akachanyoobeddo
和室	日式房間	washitsu
洋室	洋式房間	yooshitsu
朝食	早餐	chooshoku
安い	便宜	yasui
高い	貴	takai
クレジットカード	信用卡	kurejittokaado
預かり物	寄存物	azukarimono
メッセージ	留言	messeeji
貴重品	貴重物品	kichoohin
モーニングコール	叫醒服務	mooningukooru
宿泊カード	住宿卡	shukuhakukaado
税金	税金	zeekin
サービス料金	服務費	saabisuryookin
含む	包含	fukumu
鍵	鑰匙	kagi
新聞	報紙	shinbun
タオル	毛巾	taoru
バー	酒吧	baa
食堂	食堂	shokudoo
レストラン	餐廳	resutoran
何階	幾樓	nangai
立ち入り禁止	禁止進入	tachiirikinshi

② 住宿中

シャワールーム	沖浴室	shawaaruumu
冷蔵庫 れいぞうこ	冰箱	reezooko
ミニバー	小酒吧	minibaa
テレビ	電視	terebi
エアコン	冷氣	eakon
蛇口 じゃぐち	水龍頭	jaguchi
トイレ	廁所	toire
灰皿 はいざら	煙灰缸	haizara
ドライヤー	吹風機	doraiyaa
歯ブラシ は	牙刷	haburashi
石鹸 せっけん	肥皂	sekken
歯磨き粉 はみがこ	牙膏	hamigakiko
髭剃り ひげそ	刮鬍刀	higesori
シャンプー	洗髮精	shanpuu
リンス	潤絲精	rinsu
シャワーキャップ	浴帽	shawaakyappu
タオル	毛巾	taoru
バスタオル	浴巾	basutaoru
目覚し時計 めざ どけい	鬧鐘	mezamashidokee
アイロン	熨斗	airon
水 みず	水	mizu
押す お	推	osu
引く ひ	拉	hiku
故障する こしょう	故障	koshoosuru
詰まる つ	塞住	tsumaru
反応がない はんのう	沒有反應	hannooga nai

❸ 客房服務

ルームサービス	客房服務	ruumusaabisu
洗濯する	洗衣服	sentakusuru
荷物	行李	nimotsu
運ぶ	搬運	hakobu
掃除する	打掃	soojisuru
チップ	小費	chippu
朝食	早餐	chooshoku
昼食	中餐	chuushoku
夕食	晩餐	yuushoku
食事券	餐券	shokujiken
和食	日式餐點	washoku
洋食	西式餐點	yooshoku
有料チャネル	收費頻道	yuuryoochaneru
無料チャネル	免費頻道	muryoochaneru
リモコン	遙控	rimokon
飲み物	飲料	nomimono
食べ物	食物	tabemono
栓抜き	開瓶器	sennuki

❹ 退房

チェックアウト	退房	chekkuauto
クレジットカード	信用卡	kurejitokaado
現金	現金	genkin
お釣り	找錢	otsuri

税金 ぜいきん	稅金	zeekin
含む ふく	包含	fukumu
サイン	簽名	sain
お願いします ねが	麻煩您	onegai shimasu
返す かえ	歸還	kaesu
領収書 りょうしゅうしょ	收據	ryooshuusho
タイトル	抬頭	taitoru
封筒 ふうとう	信封	fuutoo
入れる い	放入	ireru

④ 用餐

1 逛商店街

商店街 しょうてんがい	商店街	shootengai
スーパー	超市	suupaa
デパート	百貨公司	depaato
コンビニ	便利商店	konbini
桜銀座 さくらぎんざ	櫻花商店街	sakuraginza
肉屋 にくや	肉店	nikuya
魚屋 さかなや	海鮮店	sakanaya
パチンコ屋 や	柏青哥店	pachinkoya
交番 こうばん	派出所	kooban
お巡りさん まわ	巡察	omawarisan

2 在速食店

ハンバーガー	漢堡	hanbaagaa
サンド	三明治	sando
ドリンク	飲料	dorinku
コーラ	可樂	koora
コーヒー	咖啡	koohii
アイス	冰	aisu
ストロー	吸管	sutoroo
持ち帰り	外帶	mochikaeri
一万円で	給你一萬日幣	ichimanende
お釣り	找錢	otsuri

3 在便利商店

レジ	收銀台	reji
領収書	收據	ryooshuusho
日用品	日常用品	nichiyoohin
ドリンク	飲料	dorinku
パン	麵包	pan
男性誌	男士雜誌	danseeshi
女性誌	女士雜誌	joseeshi
新聞	報紙	shinbun
雑誌	雜誌	zasshi
コピー	拷貝	kopii
ファックス	傳真	fakkusu
タバコ	香菸	tabako

ライター	打火機	raitaa
お酒	日本清酒	osake

4 找餐廳

日本料理屋	日本料理店	nihonryooriya
すし屋	壽司店	sushiya
中華料理屋	中華料理店	chuukaryooriya
らーめん屋	拉麵店	raamenya
料亭	日本傳統料理店	ryootee
しゃぶしゃぶ	涮涮鍋	shabushabu
焼き肉屋	烤肉店	yakinikuya
洋食	西式餐點	yooshoku
和食	日式餐點	washoku
レストラン	餐廳	resutoran

5 打電話預約

予約したい	想預約	yoyakushitai
明日	明天	ashita
夜	晚上	yoru
二人	兩人	futari
七時	七點	shichiji
ベジタリアン	素食者	bejitarian
和食	日式餐點	washoku
お名前	貴姓大名	onamae

れんらくさき 連絡先	聯絡處	renrakusaki
でん わ ばんごう 電話番号	電話號碼	denwabangoo

6 進入餐廳

よ やく 予約あり	有預約	yoyakuari
きんえんせき 禁煙席	禁煙座位	kinenseki
きつえんせき 喫煙席	吸煙座位	kitsuenseki
まどぎわ 窓際	靠窗	madogiwa
あいせき 相席	同桌座位	aiseki
おお 大きい	大的	ookii
テーブル	桌子	teeburu
しず 静かな	安靜的	shizukana
せき 席	座位	seki
いす	椅子	isu

7 點餐

メニュー	菜單	menyuu
おすすめ料理 りょう り	推薦料理	osusumeryoori
ゆうめい 有名な	有名的	yuumeena
にん き 人気	有人氣的	ninki
ちゅうもん 注文する	點菜	chuumoosuru
ベジタリアン	素食者	bejitarian
ようしょく 洋食	西式餐點	yooshoku
わ しょく 和食	日式餐點	washoku

中華料理	中華料理	chuukaryoori
フランス料理	法國餐	furansuryoori
イタリア料理	義大利餐	itariaryoori
ピザ	披薩	piza
ハンバーグ	漢堡肉	hanbaagu
定食	套餐	teeshoku
Aコース	A套餐	ee koosu
ビール	啤酒	biiru
飲み物	飲料	nomimono
コーヒー	咖啡	koohii
紅茶	紅茶	koocha
デザート	點心	dezaato
食前	餐前	shokuzen
食後	餐後	shokugo
お冷や	冰水	ohiya
一品料理	上等料理	ippinryoori
お箸	筷子	ohashi
フォーク	叉子	fooku
ナイフ	餐刀	naifu

8 進餐後付款

クレジットカード	信用卡	kurejittokaado
現金	現金	genkin
サイン	簽名	sain
領収書	收據	ryooshuusho

タイトル	抬頭	**taitoru**
お釣り	找錢	**otsuri**
部屋につける	記房間的帳	**heyanitsukeru**
割り勘	各付各的	**warikan**
いっしょ	一起	**issho**
計算する	計算	**keesansuru**

❶ 坐電車

切符売場	售票處	**kippuuriba**
地下鉄	地下鐵	**chikatetsu**
電車	電車	**densha**
ＪＲ線	JR線	**jeeaaru sen**
山手線	山手線	**yamanotesen**
環状線	環狀（循環）線	**kanjoosen**
東海道線	東海道線	**tookaidoosen**
新幹線	新幹線	**shinkansen**
快速	快速	**kaisoku**
特急	特急	**tokkyuu**
急行	急行	**kyuukoo**
駅	車站	**eki**
駅員	站員	**ekiin**
回数券	回數票	**kaisuuken**

周遊券 （しゅうゆうけん）	周遊券	shuuyuuken
乗車券 （じょうしゃけん）	乘車券	jooshaken
運賃 （うんちん）	乘車票價	unchin
片道 （かたみち）	單程	katamichi
往復 （おうふく）	來回	oofuku
大人 （おとな）	成人	otona
子ども （こ）	孩童	kodomo
緑の窓口 （みどり　まどぐち）	綠色窗口（旅遊中心）	midorinomadoguchi
旅行センター （りょこう）	旅遊中心	ryokoosentaa
職員 （しょくいん）	職員	shokuin
申込み書 （もうし　こ　しょ）	申請書	mooshikomisho
寝台車 （しんだいしゃ）	臥鋪列車	shindaisha
指定席 （していせき）	對號座位	shiteeseki
自由席 （じゆうせき）	自由座位	jiyuuseki

2 坐巴士

はとバス	機場巴士	hatobasu
日帰りツアー （ひ　がえ）	當日回來旅遊	higaeritsuaa
半日バスツアー （はんにち）	半天巴士旅遊	hannichibasutsuaa
観光バスツアー （かんこう）	觀光巴士旅遊	kankoobasutsuaa
バス待ち合わせ時刻 （ま　あ　　　じこく）	公車時刻表	basumachiawasejikoku
バス料金 （りょうきん）	公車費用	basuryookin
学生料金 （がくせいりょうきん）	學生票	gakuseeryookin
高齢者 （こうれいしゃ）	高齡者	kooreesha
バスガイド	公車導遊	basugaido
パンフレット	指南小冊子	panfuretto

❸ 坐計程車

タクシー	計程車	takushii
初乗り料金	啟程價	hatsunoriryookin
運転手	司機	untenshu
行き先	前往目的地	yukisaki
目的地	目的地	mokutekichi
忘れ物	遺忘的東西	wasuremono
お客様	客人	okyakusama
荷物	行李	nimotsu
領収書	收據	ryooshuusho
料金	費用	ryookin

❹ 租車子

国際免許証	國際駕照	kokusaimenkyoshoo
申込み書	申請書	mooshikomisho
貸し渡し契約書	交車契約書	kashiwatashikeeyakusho
マニュアル車	手動排檔車	manyuarusha
オートマチック車	自動排檔車	ootomachikkusha
四輪駆動車	四輪驅動車	yonrinkudoosha
ガソリン	汽油	gasorin
ガソリンスタンド	加油站	gasorinsutando
燃料	燃料	nenryoo
無鉛ガソリン	無鉛油	muengasorin
左進行	靠左邊行進	hidarishinkoo
交通ルール違反	違反交通規則	kootsuuruuruihan

返す	歸還	kaesu
受託する	受託、委託	jutakusuru
保険	保險	hoken
高速道路	高速公路	koosokudooro
料金所	收費站	ryookinjo
タイヤ交換	更換輪胎	taiyakookan
バッテリー	電池	batterii
充電する	充電	juudensuru
修理工場	修理工廠	shuurikoojoo
保証人	保證人	hoshoonin
ブレーキ	剎車	bureeki
バックミラー	後照鏡	bakkumiraa
左折	左轉	sasetsu
右折	右轉	usetsu

5 迷路了

東京駅	東京車站	tookyooeki
大阪駅	大阪車站	oosakaeki
名古屋駅	名古屋車站	nagoyaeki
地図	地圖	chizu
ホテル	飯店	hoteru
デパート	百貨公司	depaato
街角	街角	machikado
突き当たり	街道盡頭	tsukiatari
交差点	交叉路	koosaten

右に曲がる <ruby>右<rt>みぎ</rt></ruby>に<ruby>曲<rt>ま</rt></ruby>がる	右轉	migi ni magaru
左に曲がる <ruby>左<rt>ひだり</rt></ruby>に<ruby>曲<rt>ま</rt></ruby>がる	左轉	hidari ni magaru
まっすぐ	直走	massugu
交番 <ruby>交番<rt>こうばん</rt></ruby>	派出所	kooban

❻ 觀光

❶ 在旅遊詢問中心

<ruby>日帰<rt>ひがえ</rt></ruby>りツアー	當日回來旅遊	higaeritsuaa
<ruby>半日<rt>はんにち</rt></ruby>ツアー	半天旅遊	hanichitsuaa
<ruby>夜<rt>よる</rt></ruby>のツアー	夜間旅遊	yoruno tsuaa
<ruby>市内観光<rt>しないかんこう</rt></ruby>	市內觀光	shinaikankoo
バスガイド	巴士導遊	basugaido
<ruby>申込<rt>もうしこ</rt></ruby>み<ruby>書<rt>しょ</rt></ruby>	申請書	mooshikomisho
<ruby>写真<rt>しゃしん</rt></ruby>	照片	shashin
パンフレット	旅遊指南	panfuretto
<ruby>帰着<rt>きちゃく</rt></ruby>する	回來	kichakusuru
<ruby>時間<rt>じかん</rt></ruby>	時間	jikan
<ruby>予約<rt>よやく</rt></ruby>する	預約	yoyakusuru
<ruby>大人二人<rt>おとなふたり</rt></ruby>	成人兩人	otonafutari
<ruby>料金<rt>りょうきん</rt></ruby>	費用	ryookin

❷ 到美術館

<ruby>美術館<rt>びじゅつかん</rt></ruby>	美術館	bijutsukan

博物館 <ruby>博物館<rt>はくぶつかん</rt></ruby>	博物館	hakubutsukan
<ruby>入場券<rt>にゅうじょうけん</rt></ruby>	入場券	nyuujooken
パスポート	通行券	pasupooto
<ruby>周遊券<rt>しゅうゆうけん</rt></ruby>	周遊券	shuuyuuken
<ruby>開館時間<rt>かいかんじかん</rt></ruby>	開館時間	kaikanjikan
<ruby>閉館時間<rt>へいかんじかん</rt></ruby>	休館時間	heekanjikan
<ruby>大人料金<rt>おとなりょうきん</rt></ruby>	成人費用	otonaryookin
<ruby>子ども料金<rt>こりょうきん</rt></ruby>	孩童費用	kodomoryookin
<ruby>撮影禁止<rt>さつえいきんし</rt></ruby>	禁止拍照	satsueekinshi
<ruby>立ち入り禁止<rt>たいりきんし</rt></ruby>	禁止靠近（進入）	tachiirikinshi
ロッカー	置物箱	rokkaa

❸ 看電影、聽演唱會

<ruby>映画館<rt>えいがかん</rt></ruby>	電影院	eegakan
コンサート	音樂會	konsaato
<ruby>入場券<rt>にゅうじょうけん</rt></ruby>	入場券	nyuujooken
<ruby>指定席<rt>していせき</rt></ruby>	對號座位	shiteeseki
<ruby>自由席<rt>じゆうせき</rt></ruby>	無對號座位	jiyuuseki
<ruby>禁煙<rt>きんえん</rt></ruby>	禁煙	kinen
<ruby>食べ物持参禁止<rt>たものじさんきんし</rt></ruby>	禁止攜帶食物	tabemonojisankinshi
<ruby>洗面所<rt>せんめんじょ</rt></ruby>	化妝室	senmenjo
<ruby>男性<rt>だんせい</rt></ruby>	男性	dansee
<ruby>女性<rt>じょせい</rt></ruby>	女性	josee
<ruby>撮影禁止<rt>さつえいきんし</rt></ruby>	禁止拍照	satsueekinshi

4 去唱卡拉 OK

カラオケ	卡拉OK	karaoke
カラオケボックス	卡拉OK包廂	karaokebokkusu
歌う	唱歌	utau
歌	歌	uta
一時間料金	一小時費用	ichijikanryookin
リモコン	遙控器	rimokon
使い方	使用方法	tsukaikata
メニュー	菜單	menyuu
時間を延ばす	延長時間	jikan o nobasu
領収書	收據	ryooshuusho

5 去算命

占い	算命	uranai
手相	手相	tesoo
運命	命運	unmee
運勢	運勢	unsee
過去	過去	kako
現在	現在	genzai
未来	未來	mirai
金運	財運	kinun
恋愛運	愛情運	renaiun
仕事運	事業運	shigotoun
結婚運	結婚運	kekkonun
夢占い	夢境占卜	yumeunarai

動物占い ^{どうぶつうらない}	動物占卜	doobutsuuranai
開運グッズ ^{かいうん}	開運吉祥物	kaiunguzzu
星座 ^{せい ざ}	星座	seeza

6 夜晚的娛樂

バー	酒吧	baa
お酒 ^{さけ}	清酒	osake
焼酎 ^{しょうちゅう}	燒酒（日式米酒）	shoochuu
ビール	啤酒	biiru
生ビール ^{なま}	生啤酒	namabiiru
瓶ビール ^{びん}	瓶啤酒	binbiiru
赤ワイン ^{あか}	紅葡萄酒	akawain
白ワイン ^{しろ}	白葡萄酒	shirowain
ウイスキー	威士忌	uisukii
グラス	杯子	gurasu
おつまみ	下酒菜	otsumami
スナック	小零食	sunakku
ママさん	媽媽桑	mamasan
注文する ^{ちゅうもん}	點菜	chuumonsuru
氷 ^{こおり}	冰	koori
水 ^{みず}	水	mizu
カラオケ	卡拉OK	karaoke
歌う ^{うた}	唱歌	uta

ピッチャー	投手	picchaa
キャッチャー	捕手	kyacchaa
ファースト	一壘手	faasuto
セカンド	二壘手	sekando
さんるいしゅ 三塁手	三壘手	sanruishu
がい や しゅ 外野手	外野手	gaiyashu
ない や しゅ 内野手	外野手	naiyashu
レフト	右邊（野手）	refuto
ライト	左邊（野手）	raito
あん だ 安打	安打	anda
ホームラン	全壘打	hoomuran
さんしん 三振	三振	sanshin
ボール	壞球	booru
ストライク	好球	sutoraiku
アウト	出擊	auto
セーフ	安全（上壘）	seefu
せんしゅ 選手	選手	senshu
かんとく 監督	教練	kantoku
しんぱん 審判	裁判	shinpan
とくてん 得点	得分	tokuten
おうえん 応援	支援	ooen
グランド	球場	gurando
や きゅうじょう 野球場	棒球場	yakyuujoo
グラブ	手套	gurabu

野球	棒球	yakyuu
バット	球棒	batto
制服	制服	seefuku
キャップ	帽子	kyappu

 ❼ 購物

❶ 買衣服

洋服	西服	yoofuku
スーツ	西裝	suutsu
ワンピース	連身裙	wanpiisu
スカート	裙子	sukaato
コート	外套	kooto
ジャケット	外套（西服）	jaketto
ズボン	褲子	zubon
ワイシャツ	白襯衫	waishatsu
Ｔシャツ	Ｔ恤	tii shatsu
ジーンズ	牛仔褲	jiinzu
ブラウス	女用衫	burausu
セーター	毛衣	seetaa
羊毛	羊毛	yoomoo
木綿	棉製品	momen
ベルト	皮帶	beruto
大きいサイズ	大尺寸	ookiisaizu
小さいサイズ	小尺寸	chiisaisaizu

Ｍサイズ	M尺寸	**emu saizu**
Ｌサイズ	L尺寸	**eru saizu**
Ｓサイズ	S尺寸	**esu saizu**
ＬＬサイズ	LL尺寸	**erueru saizu**
短い	短的	**mijikai**
長い	長的	**nagai**
色違い	不同顏色	**irochigai**
他に	其他	**hokani**
スタイル	樣式	**sutairu**
割引	打折扣	**waribiki**
サービス	贈送	**saabisu**

2 買鞋子

きつい	緊	**kitsui**
ゆるい	鬆	**yurui**
かかと	腳跟	**kakato**
つま先	腳尖	**tsumasaki**
足裏	腳底	**ashiura**
痛い	疼痛	**itai**
銘柄	牌子	**meegara**
ブランド品	名牌商品	**burandohin**
手作り	手工製	**tezukuri**
日本製	日本製	**nihonsee**

❸ 付錢

現金	現金	genkin
クレジットカード	信用卡	kurejittokaado
ドル	美金	doru
日本円	日幣	nihonen
高い	昂貴	takai
安い	便宜	yasui
まけてください	請你打折扣	makete kudasai
割引	打折扣	waribiki
税金	稅金	zeekin
含む	包含	fukumu

❽ 生病了

❶ 說出症狀

風邪	感冒	kaze
鼻水	鼻水	hanamizu
咳	咳嗽	seki
くしゃみ	打噴嚏	kushami
頭痛	頭痛	zutsuu
ずきずきと痛む	抽痛	zukizukitoitamu
鋭い痛み	劇痛	surudoiitami
鈍痛	隱隱作痛	dontuu
しくしくと痛む	微微地抽痛	shikushikutoitamu

目眩（めまい）	目眩	memai
気分が悪い（きぶんがわるい）	身體不舒服	kibungawarui
腹痛（ふくつう）	肚子痛	fukutuu
下痢（げり）	拉肚子	geri
便秘（べんぴ）	便秘	benpi
胸痛（きょうつう）	胸口痛	kyootuu
息苦しい（いきぐるしい）	呼吸困難	ikigurushii
胃痛（いつう）	胃痛	ituu
吐き気がする（はきけがする）	想吐	hakike ga suru
虫歯（むしば）	蛀牙	mushiba
痔（じ）	痔瘡	ji
だるい	身體沒力	darui
しびれる	發麻	shibireru
打撲（だぼく）	碰傷、跌傷	daboku
骨折（こっせつ）	骨折	kossetsu
捻挫（ねんざ）	扭傷、挫傷	nenza
やけど	燙傷	yakedo
水虫（みずむし）	香港腳	mizumushi
痒い（かゆ）	發癢	kayui

❷ 到藥局拿藥

処方箋（しょほうせん）	藥方	shohoosen
保険証（ほけんしょう）	保險證	hokenshoo
薬（くすり）	藥	kusuri
アレルギー	過敏	arerugii

<ruby>食前<rt>しょくぜん</rt></ruby>	飯前	**shokuzen**
<ruby>食後<rt>しょくご</rt></ruby>	飯後	**shokugo**
<ruby>寝る前<rt>ねるまえ</rt></ruby>	睡覺前	**nerumae**
<ruby>一日一回<rt>いちにちいっかい</rt></ruby>	一天一次	**ichinichiikkai**
<ruby>飲む<rt>の</rt></ruby>	吃（藥）	**nomu**

MEMO

【即學即用 21】

■ 發行人／**林德勝**

（25K+QR Code 線上音檔）

■ 著者／**田中陽子，林勝田**

■ 出版發行／**山田社文化事業有限公司**

地址 臺北市大安區安和路一段112巷17號7樓

電話 02-2755-7622　02-2755-7628

傳真 02-2700-1887

■ 郵政劃撥／**19867160號　大原文化事業有限公司**

■ 總經銷／**聯合發行股份有限公司**

地址 新北市新店區寶橋路235巷6弄6號2樓

電話 02-2917-8022

傳真 02-2915-6275

■ 印刷／**上鎰數位科技印刷有限公司**

■ 法律顧問／**林長振法律事務所　林長振律師**

■ 書 + QR Code 線上音檔／**定價　新台幣 330 元**

■ 初版／**2023年3月**

© ISBN : 978-986-246-747-3

2023, Shan Tian She Culture Co., Ltd.

著作權所有・**翻印必究**

如有破損或缺頁，請寄回本公司更換